KB218512

- 인명, 지명 등은 국립국어원의 외래어 표기법을 따랐으나, 일부 명칭은 일반적으로 통용되는 것을 사용했다.
- 단행본, 신문 등에는 『 』, 영화, 전시, 노래, 미술 작품 등에는 〈 〉를 달았다. (특별부록 제외)
- 단행본 및 영화의 경우에는 한국어판 제목을 따랐으며, 전시 정보 등 필요한 부분에는 각주를 추가했다.

등을 쓰다듬는 사람

김지연

1984BOOKS

1부 – 이미 있는 아름다움을 쓰는 일

2부 – 우리가 그리는 커다란 원

3부 – 바다를 건너는 용기

4부 – 우리는 함께 자란다

1부

이미 있는 아름다움을 쓰는 일

그림자를 잇는 마음

타인을 완전히 알기란 불가능에 가깝다. 우리가 마주 앉았다고 해서 서로의 말을 온전히 알아듣고 있을까. 표면에 흐르는 이야기를 알아들었다 하더라도 그 아래에 깔린 속마음까지 이해할 수 있을까. 심지어 그 자리에서 발화된 마음은 한 사람을 이루는 헤아릴 수 없이 많은 조각 중 고작 몇 퍼센트에 불과하다.

베르나르 베르베르(Bernard Werber)는 책 『상대적이며 절대적인 지식의 백과사전』(열린책들, 1996)에서, 우리의 대화 사이에는 "내가 생각하는 것, 내가 말하고 싶어 하는 것, 내가 말하고 있다고 믿는 것, 내가 말하는 것, 그대가 듣고 싶어 하는 것, 그대가 듣고 있다고 믿는 것, 그대가 듣는 것, 그대가 이해하고 싶어 하는 것, 그대가 이해하고 있다고 믿는 것, 그대가 이해하는 것"의 열 가지 가능성이 있다고 했다. 그리고 각각의 가능성은 상황에 따라 또 다른 가지를 칠 테니, 우리가 마주칠 수 있는 가능성은 무한대나 마찬가지다.

같은 맥락에서 개인전의 서문이나 리뷰는 재미있으면서도 어려운 작업이다. 한 작가가 일정 기간 쌓은 작품을 해석하려면 먼저 타인의 세계를 깊이 이해해야 하기 때문이다. 책임이나 부담감은 그다음 문제다. 작품은 독립된 존재처럼 보이지만 작가가 만든 세계를 외부에 드러내는 단면 또는 그 세계를 응축한 상징이다. 그래서 작품을 읽는 과정은 한 사람이라는 광활한 우주를 더듬는 일과도 같다.

오랜 친구의 작업실을 방문했다가 함께 저녁을 먹었다. 한참 근황을 떠들다 보니 서울로 올라가는 길이 막힐 시간이 되어, 밥이나 먹고 가자며 레지던시 근처의 식당에 들른 터였다. 곧 열릴 친구의 개인전이 자연스레 화제가 되었다. 친구는 이야기를 빙빙 돌리다 어렵사리 도록에 실릴 글을 부탁한다는 말을 꺼냈다. 너무도 그다워서, 쓰겠다고 즉답하며 웃었다.

가을이 완연할 무렵 친구의 전시장*에 도착했다. 사방이 초록 일색이었다. 지난 계절 도시 외곽의 레지던시에서 머무는 동안 수집한 풍경의 파편들이라고 했다. 그의 발걸음을 따라 나 또한 눈으로 걸어보았다. 넓어졌다 좁아지는 화면을, 전시장의 높낮이에 따라 오르내리는 시선을, 한낮의 해가 빛났다가 이내 어둡고 깊어지는 시간을 따른다. 내가 모르는 길을 걷는 그의 리듬을 상상하며, 그

* 전은진 개인전 <초록파편으로> 2022. 10.17~10.30, 갤러리 소소

가 눈으로 본 것 중 화폭에 담은 것과 탈락시킨 것들의 차이를 구분하려 해본다. 창밖으로 초록 풍경이 가득한 이 전시장을 고른 이유나, 그림이 배치된 순서가 갖는 의미를 가늠해 본다.

그의 시선에 나의 시선을 포개는 동안, 십수 년간 알고 지낸 사람이 문득 낯설어졌다. 내가 지금 보고 있는 이 작가는 잡초의 결과 나뭇잎의 맥을 섬세하게 짚는 사람이다. 바닥에 떨어진 낙엽에서 경쾌한 리듬을 발견하고 구석으로 밀려난 사물들을 다정하게 데려온다. 우리가 함께 나눈 대화나 그동안 서로 부딪힌 술잔만으로는 알 수 없던 이야기를, 나는 이제 그림으로 듣는다. 가벼운 터치에서 드러나는 흥, 흐르는 대로 둔 물감의 흔적에서 배어나는 과감함, 조심스럽게 돌리는 말투처럼 망설인 붓 자국에서 다시 내가 알던 사람을 발견한다.

작품은 하나의 언어다. 작품과 독자 사이에서 쓰는 일은 번역과 비슷하다. 존 버거(John Berger)는 『우리가 아는 모든 언어』(열화당, 2022)에서 "번역은 두 언어 사이의 양자 관계가 아니라 삼각관계"라고 했다. 그에 따르면 번역가는 텍스트를 이해하고 제대로 표현하기 위해서 원래의 텍스트에 앞서 작가가 가졌던 비전이나 경험의 조각들을 찾아서 모아야 한다.

전은진 <Nocturnal eyes>, Oil on linen, 145.5×112cm, 2022

예술 작품에 관해 쓰는 일은 작품 이전에 존재하던 것들에 닿으려고 애쓰는 과정이기도 하다. 작가가 전하는 언어는 작품의 얼굴에만 있는 것이 아니라 그 뒤에 드리운 그림자에도 있다. 때로는 얼굴의 표정보다 그림자의 명암이 더 진하다.

글을 쓰기 위해 작가의 말을 들으며 작품을 바라보는 과정은 어떤 사람의 세계에 잠시 발을 담그고 그가 존재하는 방식을 이해하려는 시도다. 쓰는 과정은 사람마다 다르지만, 나는 질문을 많이 하지 않는다. 오히려 작가가 이야기를 꺼낼 수 있도록 자리를 만들고 그의 행간을 읽으려 노력하는 쪽이다. 작업과 일상의 흔적이 묻은 작업실이나, 아직 만드는 과정 중인 작품을 관찰해서 얻어지는 것도 있다.

누군가의 말을 이해하기 위해서 표정을 살피는 것처럼, 그림의 얼굴을 살핀다. 만든 이의 시선이 응시하는 방향을 함께 바라보며 그림의 등을 어루만진다. 그때, 작가가 내게 말하고 싶었지만 미처 단어로 내뱉지 못한 것이 보인다. 어렴풋한 그림자의 조각이지만 하나라도 더 주워서 촘촘히 이어본다.

한 사람의 세계를 온전히 알기는 불가능하지만, 찬찬히 살피며 주위를 돌아보면 그림자를 이어내는 일 정도는 가능하다. 그렇게 발견한 것을 누군가에게 전달하기 위해서, 이제 나의 언어를 더한다. 이어낸 그림자는 곧바로 글자가 되어 쏟아지지 않는다. 끝까지 붙잡아 표현하는 데에는 끈질긴 사랑이 있어야만 한다. 내가 가진 다정 중 그림의 몫을 떼어 흰 종이 위에 올려둔다. 그 위에 글자를 새기면서 이것을 읽을 독자를 떠올린다.

비평이란 칼을 들어 대상을 재단하고 평가하는 일이라고 여기는 사람이 많다. 그러나 비평은 의미를 발견하고 드러내는 일이다. 날 선 칼보다는 구체적인 사랑의 눈이 더 필요하다. 물론 번역의 과정처럼 전달되는 사이에 탈락하는 것들이 있다. 아직 뚜렷하게 드러나지 않은 모호한 개념, 굳이 드러낼 필요 없지만 당연히 존재하는 작가의 노고 같은 것들은 작품과 나 사이에서만 영원히 간직하는 비밀이 되기도 한다. 글자를 모아 원고를 보내고 마침내 혼자 남았을 때, 나만 아는 그림의 등을 가만히 쓰다듬는다.

친구의 전시에 글을 보태고 사계절이 지났다. 어느 날 밤 산책길에 짙은 녹색 나뭇가지가 풍성한 머리채처럼 쏟아지는 것을 보았다. 잎새가 바람에 흔들렸고 그 사이로 거리를 밝히는 불빛이 고개를 내밀며 함께 흔들렸다. 그림의 배경과 전혀 다른 길에서 그림 속 장면을 만났다. 그림의 한복판에 서서 이런 풍경을 만났을 작가가 되어 본다. 눈앞의 풍경에서 파편을 줍는다. 작가가 무엇을 건져 올리고 무엇을 탈락시켰는지 조금 알 것도 같다. 전시장에서는 깨닫지 못했던 것이다. 전시가 끝나고 그림 앞을 떠나도 나는 여전히 작가와 그림 뒤에 남은 그림자를 잇는다.

작가의 세계는 계속 팽창하고 다음 전시는 곧 돌아온다. 친구는 새 전시에 '무해한 헛걸음'*이라는 제목을 붙일 거라고 했다. 설명하지 않아도 제목에 담긴 의미를 알 것 같아 배시시 웃었다. 하고 싶은 말을 꺼내기 위해 먼 이야기부터 말을 빙빙 돌리는 사람처럼, 그의 세계 또한 먼 곳을 돌아오고 있을 테다. 헤매는 여정을 눈치챌 때도 있고, 때로는 건네지 못하고 삼키는 말도 있지만, 그저 지켜보기로 한다. 멀리 돌아 더욱 매력적으로 부푸는 세계도 있다. 그렇다면 헛걸음은 헛걸음이 아니다. 지켜보고 기다리는 동안 나의 세계도 부풀어 오른다. 이런 장면들을 보고 있자면 나 또한 멀리 돌아가도 괜찮을 것만 같다.

작품의 뒤를 좇으며 발자국을 포갠다. 그림자를 잇는 마음이 쌓이고 마침내 단어가 되어 쏟아진다. 단어들은 종이 위에 올려둔 다정과 함께 또 다른 이의 마음에 닿을 것이다. 물론 타인의 세계는 아무리 그림자를 이어 붙여도 닿을 수 없는 원경이다. 그럼에도 우리는 이렇게 먼 풍경을 향해 나란히 걷는다. 끝내 닿을 수 없을지라도 서로

* 전은진 개인전 <무해한 헛걸음; ringwanderung> 2023. 5. 15~5. 22, 행궁길 갤러리

의 세계에 닿기 위해 손을 뻗은 채, 따뜻한 눈으로 등을 쓰다듬으며.

그날의 분위기

드문 여름날이었다. 낮에는 예고도 없이 큰 비가 내려 갑자기 우산을 샀다. 비가 그치고 서늘한 회색 공기가 가라앉았다. 아무래도 한여름이라고 볼 수 없는 날씨였다.

낯선 지역에 도착하면 거리를 거닐며 동네의 분위기를 살핀다. 누군가와 함께 있을 때는 그의 얼굴을 살피지만, 특별히 바라볼 얼굴이 없으면 사방을 둘러본다. 아는 사람이 하나도 없는 거리에서 나는 익명의 관객이고 그곳은 하나의 그림이다. 건물의 높낮이와 보도블록의 넓이, 간판의 색깔과 거리를 걷는 사람들의 옷차림, 거리마다 다른 가로수의 수종, 바람에 실린 골목의 냄새 같은 것들이 모두 동등하게 섞여 거리의 분위기를 만든다. 때로는 글이나 말보다 그 자리에 있는 것들이 더 많은 이야기를 전한다.

그날도 나는 낯선 거리에서 분위기를 살피고 있었다. 멀리서 보이기 시작한 아는 얼굴 덕분에 낯선 분위기는 순식간에 익숙한 분위기로 바뀌었다. 늦은 저녁, 어느 동네에나 있을 법한 어두운 술집은 웅성이는 사람들로 가득했다. 주말의 들뜬 분위기가 나머지 틈마저 채웠다. 테이블에 마주 앉은 우리 두 사람은 부딪히는 술잔과 오가는 이야기들 사이로 확인되지 않은 마음을 가졌다. 우리가 가진 마음이 같았을지는 모르겠다.

집으로 돌아오는 길, 새벽 공기가 살짝 축축했지만 비는 더 이상 오지 않았고 새로 산 우산은 다시 펼칠 일이 없었다. 다시 오지 않은 우리의 장면처럼. 사랑에는 재능이 있어도 연애에는 소질이 없는 사람들이 벌이는 흔한 사건이었다. 시간이 지나면 자연스레 잊힐만한 사건이지만 그래도 나는 가끔 그날 테이블 위에 무엇이 남았을지 궁금하다.

테이블을 찍은 사진 한 장만이 그날의 존재를 증명한다. 정지된 한 장의 이미지지만 내게는 오후에서 깊은 밤까지 흐르는 시간이 보인다. 같은 장소, 같은 시간에 함께 존재했더라도 우리는 언제나 서로 다른 것을 안다. 그러나 마주 앉았던 테이블이 거기 있었다는 사실은 모두가 기억한다. 감정이나 기억처럼 구체적 형상이 없는 것들을 붙잡기 위해서는 때때로 테이블처럼 확실하게 눈에 보이는 것이 필요하다. 문득, 사람들이 떠나고 남겨진 테이블 위를 그린 오지은 작가의 그림들이 떠올랐다.

오지은 <비가 내리지 않아 다행이야>, Oil on canvas, 116.8×91cm, 2023

작가는 흐릿한 기억을 붙잡아 고정시키기 위해 빈 테이블을 그린다고 했다. 인물이 있는 그림에서 우리는 인물을 먼저 본다. 가득 찬 그릇과 잔을 볼 때 역시 담겨 있는 것에 먼저 시선을 둔다. 중요하다고 여겼던 것이 부재하고 나서야 시야를 넓히고 전체의 장면을 본다. 누군가의 흔적이 남겨진 빈 의자, 빈 그릇과 술잔은 이제 분위기를 담는다. 당신만 알거나 나만 아는, 혹은 우리 모두 눈치채지 못한 뉘앙스가 거기 있다.

한 장의 그림은 정지된 순간이 아니라 이어지는 시간을 통과하며 분위기를 지어낸다. 넓게 펼쳐내며 화면을 장악하는 붓질의 방향에는 그날의 감정이, 물감의 농도에는 테이블 위로 흐르던 공기가, 유리잔 위로 어른거리는 빛에는 그곳에 닿았던 흔들리는 눈빛이 담겨 있다.

나는 그림을 바라보며 여름밤의 테이블을 떠올린다. 녹색과 분홍색의 대조적인 리듬에서 서로 다른 두 목소리의 높낮이를 가늠해 본다. 망설인 듯한 작은 붓 터치 방향에 입꼬리의 미세한 각도가 숨겨져 있다. 잔과 잔 사이, 빈 접시 위, 테이블과 의자의 간격에 쉬이 눈치채기 어려운 것들이 산재해 있다. 끊임없이 돌아봐도 여전히 선명한 그날의 분위기를 목격한다. 우리의 다음 장면을 끌어내기 위해서 필요했던 것은 어쩌면 테이블 위로 오갔던 말보다 그 주변의 공기를 채운 뉘앙스였는지도 모른다.

그래서 때로는 순간을 포착한 이미지가 영상보다 더 생생하다. 살바도르 달리(Salvador Dali)의 사진 작품 〈달리

아토미쿠스〉(1948)는 그렇게 생생한 시간을 재현한다. 초현실적인 장면을 만들기 위해 달리는 공중으로 뛰어오르고, 조수들은 고양이를 던지고 물을 뿌렸으며, 사진가 필립 할스만(Philippe Halsman)은 수없이 셔터를 눌렀다. 무려 다섯 시간 동안 반복한 끝에 동적인 에너지로 가득한 이미지, 우리가 알고 있는 초현실주의의 명작이 탄생하였다.

나는 그 사진을 볼 때마다 서로 눈짓과 구호를 주고받은 뒤 동시에 뛰어오르고 던지고 뿌리고 셔터를 눌렀을 사람들의 모습, 그리고 뛰어올랐던 달리가 털썩 바닥에 떨어지고 곧 물에 젖게 될 다음 장면이 생생하게 떠오른다. 사진은 포착된 장면 바깥으로 넓어지며 앞뒤의 시간을 연결해 내기 때문이다. 그런 의미에서 사진은 정지된 장면이 아니라 언제나 실행 중인 이미지다.

회화나 사진은 이제 낡은 장르라지만, 여전히 사람의 몸짓이 묻어 있는 작품으로 할 수 있는 이야기가 있다. 하나의 이미지는 앞뒤로 이어지는 시간을 횡적으로 담고, 이미지 속 분위기는 오래전부터 쌓아온 이야기를 종적으로 담는다. 가로축과 세로축이 교차하는 곳에 작가의 시선이 닿고, 붓을 휘두르거나 셔터를 누르는 몸의 흔적이 포개진다. 직전의 과거로부터 직후의 미래까지 흐르는, 한 토막의 시간이 한 장의 이미지 속에서 영원히 재생된다. 이미지는 그렇게 순간이 아니라 영원을 붙잡는다.

어떤 장면을 기억한다는 것은 그 장면이 지금 눈앞에 없다는 뜻이다. 우리는 무언가가 부재하기 때문에 그것을 기억한다. 그리거나 찍는 행위도 마찬가지다.

그날 밤이 푸르게 깊어지고 공기가 조금 더 서늘해질 즈음, 자리에서 일어나며 문득 뒤를 돌아보았다. 비어버린 테이블 위에는 불규칙하게 늘어선 병과 잔 두 개, 반쯤 빈 접시, 동그랗게 내려앉는 노란 불빛이 있었다. 당신도 뒤를 돌아보았는지 모르겠다. 사진을 더 찍어둘걸, 같은 생각은 하지 않는다. 분위기는 거기 테이블 위에 남아 있고, 이미지는 한 장이면 족하다. 마치 오랫동안 곁에 두고 볼 한 점의 그림처럼.

당신의 중력

안국역 1번 출구로 나와 곧장 오른쪽으로 돌면 공예박물관 뒤로 옛 대통령의 이름을 딴 길이 시작된다. 아주 오래된 출판사의 모퉁이를 돌아 해마다 장미와 능소화가 조금 일찍 피는 양지바른 담벼락을 지난다. 안국역에서부터 갤러리들이 모여 있는 삼청동을 향해 걷는 길은 새로운 카페와 식당으로 늘 풍경이 바뀌지만 이처럼 여전히 자리를 지키는 오래된 것들이 있다. 20년 전부터 그곳을 걸으며 두 발에 골목을 새겼다. 이 길에 섞여 든 풍경이라면 백 개라도 더 말할 수 있다. 지금도 익숙한 거리에 새로운 걸음을 차곡차곡 쌓으며 어떤 그림을 보러 가는 중이다.

몇 년 전 지근욱 작가의 작업실에 들어섰을 때 가장 눈에 띄었던 것은 다양한 모양의 곡자였다. 곡선을 그리기 위해 특수 제작한 그것을 바닥에 펼친 캔버스 천 위에 지그시 누르고 색연필로 선을 긋는다고 했다. 미세한 간격을 조정하며 수없이 선을 쌓으면 화면 위에는 어느새 일렁이는 환영이 펼쳐진다. 그가 표현하려는 것은 눈에 보이지 않지만 실제로 우리의 세계를 가득 채우고 있는 입자의 파동이었다. 보이지 않는 것을 보이는 이미지로 만들기 위해서 작가는 한 손의 무게로 캔버스와 곡자를 누르며 다른 쪽 팔을 움직여 선을 긋는 행위를 수천 번 반복했다. 선을 긋기 전 여러 번의 밑칠과 그보다 더 긴 시간 동안 화면을 구성하는 일은 말할 것도 없다. 그곳은 지난한 노동과 무수한 반복의 자리였다.

언젠가 내게도 반복의 시간이 있었다. 기나긴 수험 생활은 머리보다는 인내의 싸움이다. 매일 넘기는 얇은 페이지들이 만드는 두께, 책상 앞을 지키는 엉덩이의 무게가 쌓이고 쌓여 실력을 만든다. 견디기 어려울 때는 걸었다. 바닥에 새겨지는 내 몸의 무게를 느끼며 무심한 걸음을 반복했다. 매일 걷고 페이지를 넘기면서, 작은 반복으로도 어느 날 훌쩍 먼 곳에 도착할 수 있다는 진리를 배웠다. 세상에 안착하지 못한 채 시간을 보내는 사람에게 반복되는 일상은 버텨내야 할 무게인 동시에 삶을 현실에 붙잡아 두며 지키는 중력이다. 그 중력이 시간을 견디고 나를 숨 쉬게 했다.

더위가 한풀 꺾였는지 부는 바람이 시원하다. 어느새 국립현대미술관 옆길이다. 짧은 블록이지만 초록이 무성해서 좋아한다. 운이 좋으면 아트선재센터 근처를 배회하는 검은 고양이를 만날 수도 있다. 나는 매번 비슷한 듯 다른 이 길을 알고, 이 길은 때마다 다른 나를 안다. 발걸음을 옮기는 사이로 풍경이 스민다.

리베카 솔닛(Rebecca Solnit)은 『걷기의 인문학』(반비, 2017)에서 걷기를 바느질에 비유했다. 길을 걷는 행위를 통해서 우리가 서로 다르다고 생각했던 것들이 마주치며 통합할 수 있다는 것이다. 한 걸음 한 걸음은 한 땀 한 땀 꿰매는 행위다. 걸음이 반복되는 사이에 우리의 세계는 마주쳤다가 멀어진다. 종이를 접었다 펼쳐 데칼코마니를 만드는 것처럼 새로운 장면이 탄생한다. 하나의 마주침이 일어난 자리는 더 이상 이전의 자리가 아니다.

국립현대미술관을 지나 갤러리로 향하는 마지막 모퉁이를 돌며, 곧 보게 될 그림이 탄생하기 전에 무수히 반복되었던 장면을 생각했다. 걷기라는 작은 반복이 우리를 멀리 데려가는 것처럼, 매일 반복하는 예술가의 작업은 신비로운 재능보다는 지난한 수행의 결과다. 바티칸 성당의 천장화를 그려낸 미켈란젤로(Michelangelo Buonarroti)를 우리는 천재라고 부르지만, 그는 수년간 고개를 뒤로 젖히고 중력을 거스르며 그림을 그린 탓에 목 디스크와 시력 저하 등 각종 질환에 고통받았다. 그도 신이 아닌 인간이었기 때문이다. 성실하게 매일의 무게를 이겨내는 노동, 현실의 삶을 지키는 중력. 여기에도 당신과 같은 삶이 있다.

마침내 그림 앞에 도착했다.* 가느다란 선을 쌓아 만든 우주가 커다란 벽면을 가득 채우고 있었다. 발자국을 땅 위에 새기듯, 자를 누르고 선을 그으며 중력을 새기는 작가의 시간을 상상한다. 캔버스의 표면과 색연필이 마주칠 때마다 마찰하는 열기 사이로 한 사람의 경험과 생각이 스민다. 미세하게 손이 떨린다. 잠시 호흡을 참아낸다. 곡자의 흐름을 타고 색연필 부스러기가 떨어진다. 선이 쌓이는 만큼 이미지는 팽창한다. 일렁이는 곡선 사이로 힘이 피어오른다.

반복해서 선을 긋는 사이 작가의 몸이 새겨진 캔버스는 이제 전과는 다른 곳이다. 우주를 가득 메운 입자의 파동이 눈에 보이는 장면으로 펼쳐진다. 물리학의 입자 이론을 전부 이해하지 못해도 작품의 앞에 서면 보이지 않는 세계가 거기 있다는 사실을 직관적으로 깨달을 수 있다.

이미지 하나로 우리를 먼 우주로 데려가는 것이 예술의 역할이다. 작가들은 그런 순간을 만들기 위해 매끈하게 완성된 작품을 내놓는다. 그러나 나는 자꾸 다른 곳에서 눈이 멈춘다. 선이 쌓인 만큼 팽창한 이미지 뒤에는 나이테처럼 새겨진 작가의 시간이 있다. 과정을 알면 작품 뒤의 사람이 보인다. 재능을 날개 삼아 가뿐히 날아오르

* 지근욱 개인전 <하드보일드 브리즈> 2023. 8. 9~9. 13, 학고재 갤러리

는 게 아니라, 가진 재능의 무게를 책임지느라 고단하고 외로운 작업을 반복하는 그림자들이 작품 뒤를 지킨다. 이미지는 환영일지라도 예술은 환상이 아니다. 누군가의 작품은 그가 현실에 단단하게 발을 딛고 성실히 일한 결과다.

나는 여전히 힘들 때마다 걷는다. 걸음마다 바닥을 굳게 디디고 다시 밀어내면서 중력의 무게를 느낀다. 마치 그런 걸음처럼, 자신의 중력을 이겨내고 다시 받아들이는 인내의 과정을 예술 작품 속에서도 본다. 작은 걸음을 반복해 옮기듯 화면을 눌러내며 선을 긋고, 숨을 참고 붓질을 거듭하면 새로운 이미지가 탄생한다. 관객을 아주 멀리까지 데려가는 이미지를 뒤로 하고 예술가는 현실에 남아 다음 작업을 시작한다. 이 또한 그의 삶을 지키는 중력이다.

삶의 과정도 같다. 작은 걸음을 옮기듯 매일을 살아내다 보면 상상하지 못한 곳까지 도착한다. 이전에는 잘 보이지 않았던 진실이 눈앞에 드러난다. 그렇게 훌쩍 먼 곳에 도착하고 나면 삶에서 만나게 될 또 다른 반복에도 용기가 생긴다. 다시 나의 자리를 지키며 오늘을 살게 하는 힘이다. 이렇게 살아 있음을 확인하는 동시에 다시금 우리를 살게 하는 바로 그 자리에, 당신의 중력이 있다.

지근욱 <상호-파동 001>, Colored pencil, Acrylic and UV print on canvas, 227×162cm, 2023

이름을 새겨 부르기

어느 봄날, 버스에서 내렸더니 눈앞에 커다란 모란이 있었다. 도심에서 보기 힘든 크고 예쁜 꽃. 나도 모르게 그 앞에 잠시 멈추어 섰는데, 뒤따라 내린 체구가 작고 머리가 하얀 할머니 한 분이 곁으로 다가오며 말을 건네셨다. "목단이 참 곱다. 그렇죠?" 나도 대답했다. "정말요, 예뻐요." 우리는 딱 한 마디씩 주고받은 뒤 한동안 말없이 꽃 앞에 서 있었다. 그리고 눈빛으로 인사를 건네고는 각자 다른 방향으로 서로를 등지고 걸어갔다.

크고 아름다운 그 꽃은 모란, 목단, 모단 등 여러 가지 이름으로 불린다. 나는 항상 모란이라고 불러왔는데, 그날만은 목단이라고 부르고 싶었다. 할머니의 입에서 흘러나온 목단이라는 발음이 너무 예뻐서. 무언가의 이름을 함께 부르고 나니 어쩐지 친밀감이 느껴졌다. 할머니와 나, 목단은 잠깐이나마 같은 세계에 있었다.

그날 목단의 이름을 부른 것처럼, 봄은 꽃의 이름을 하나씩 부르는 시간이다. 그래서 나의 봄은 남들보다 일찍 시작해서 늦게 끝난다. 겨울 땅을 덮은 눈을 비집고 피어난 복수초의 노란색과 동백의 탐스러움이 바로 봄의 기원이다. 야생화를 보기 어려운 서울에서는 한겨울의 창경궁 온실에서 봄의 기원을 찾을 수 있다. 복수초가 지고 나면 곧 노란 가루를 흩뿌려놓은 듯한 산수유와 향기 짙은 매화, 시폰 스커트 같은 진달래를 거쳐 봄의 얼굴이 드러나고, 뒤이어 사람들이 벚꽃으로 자주 착각하는 살구꽃이 고궁의 봄을 먼저 채운다. 그러고 나면 드디어 벚꽃의 차례다.

벚꽃은 아름답고 쉽게 눈에 띈다. 도심에도 모여 있어서 봄을 느끼기 제격인 꽃은 맞지만, 언젠가부터 봄이면 다들 벚꽃만 찾는다. 벚꽃 시즌이 지나면 마치 봄도 다 지나간 것처럼 말한다. 하지만 벚꽃은 봄의 전부도 아니고 끝도 아니다. 꽃비가 내린 후에도 봄은 계속된다.

도심에도 흔히 심어 놓은 겹황매화와 조팝나무, 명자나무, 공원이나 산속에서 자주 보이는 단아한 홑겹의 황매화, 새초롬한 병아리꽃, 예쁜 핫핑크색에 비해 이름이 격정적인 박태기나무. 허리를 숙여야 보이는 제비꽃이나 꽃마리. 어느 하나 벚꽃보다 곱지 않은 것이 없어서 모두 이름을 부르느라 가는 봄을 자꾸만 불러 세우고 싶다.

자주 만나지만 워낙 예뻐서 만날 때마다 반가운 꽃이 조팝나무다. 사랑스러운 봄꽃 중 하나인데 이름은 아직도 적응이 안 된다. 조팝나무의 영문 이름은 'Bridal wreath',

우리말로 '신부의 화관'이다. 생김새와 어울리는 예쁜 이름인데, 우리나라에서는 맥 빠지게도 밥알을 닮았다며 조팝나무다. 그러고 보면 5월쯤 도로변을 가득 채우며 지나가는 차들을 응원하는 듯 나풀거리는 이팝나무도 '프린지트리(Retusa fringetree)'라는 이름이 있다. 물론 이것도 밥알을 닮아서 이팝나무다. 한국인은 역시 기승전'밥'인가 싶기도 하고. 기다랗게 뻗 나뭇가지에 조랑조랑 달린 흰 꽃이 사랑스럽기는 매한가지지만 부르는 이름에 따라 이미지가 달리 보인다는 게 재미있다.

저마다 다른 꽃의 이름을 불러주는 것처럼, 박형진 작가는 하루하루 달라지는 나무의 색에 이름을 붙인다. 그는 작업실 창밖으로 보이는 오동나무의 색이 매일 다르다는 걸 깨달았다. 나무는 계절은 물론 그날의 일조량과 온도, 습도 등 수많은 조건에 따라 다른 빛깔을 드러낸다. 작가는 매일 특정한 시간에 나무의 색을 채집하고, 물감을 섞어 그날의 색을 따로 만들고 기록했다. 또 나무의 형상을 그리는 대신, 모눈종이 형태로 화면을 나누고 하루 한 칸씩 나무의 색을 칠해나갔다. 작은 초록색 네모가 촘촘히 모여 오동나무의 시간을 담은 초상이 되었다.

최근 작가는 호두나무를 그리고 있다. 어린 시절부터 살던 동네가 철거된다는 소식이 들린 후였다. 산책하며 곧 사라질 동네의 모습을 하나씩 눈에 담던 중 호두나무 한 그루가 눈에 들어왔다. 작가는 빈 집의 마당에 홀로 남은 나무의 시간을 기록하기로 했다. 어떤 날은 새로 돋아나는 잎의 초록을, 어떤 날은 가지 사이로 보이는 하늘의 푸름을 차곡차곡 네모 안에 담았다. 그는 소리 없이 서 있는 호두나무의 이름을 불렀고, 작가와 나무 사이에는 4월과 5월을 고스란히 담은 한 폭의 풍경이 남았다.

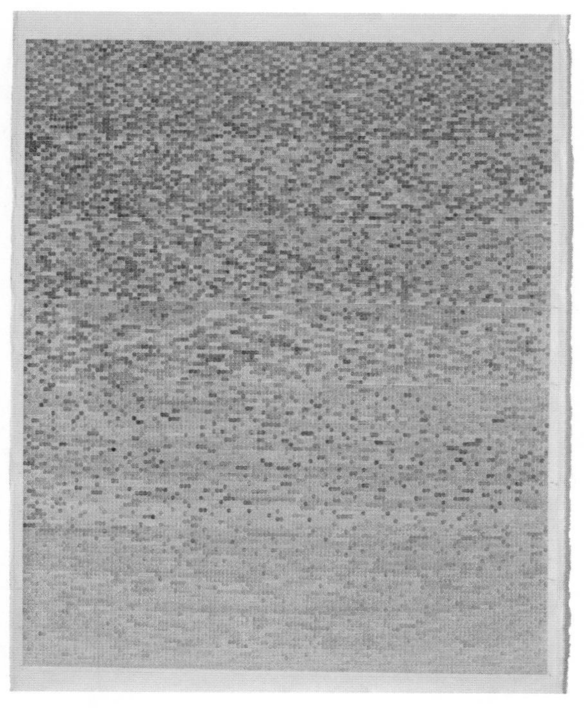

박형진 <호두나무 April to May>, Acrylic on canvas, 180×145cm, 2023

늘 같은 자리에 서 있는 나무를 매일 새롭게 발견하고 색깔의 이름을 붙여주는 작업은 작가 자신의 매일을 새롭게 만드는 일이기도 하다. 네모난 칸 안에 담긴 시간은 어느 하나도 같지 않은 특별한 날들이자, 하루하루 의미를 찾으며 시간의 얼굴을 닦아낸 기록이다.

나무가 아니라 사람의 시간 역시 그렇게 발견하고 이름 붙일 때 유일무이한 삶이 된다.

2020년 5월 24일, 『뉴욕 타임스』 1면은 사람의 이름으로 가득 메워졌다. 미국의 코로나19 사망자가 10만 명에 육박하자, 그 1%에 해당하는 1,000명의 명단을 실은 것이다. 실리콘 밸리의 회계 감사관, 신혼을 즐길 시간이 거의 없던 아내, 웃음 많은 증조할머니 등, 부고 기사 속에서 사망자들은 '숫자'가 아니라 '사람'이었다.

"그들은 단순히 리스트 속의 이름들이 아니라, 우리 자신이다"라는 기사 속 문장을 오래 간직하며, 누군가에게는 대체 불가능한 존재였을 특별한 삶들을 추모했다. 한 명 한 명 정성스레 이름을 불러준 부고 기사는, 사람이 사람으로 불리지 않고 그저 숫자로 헤아려지는 재난의 그늘을 견디는 동안 내게 희미한 빛이 되어주었다.

그러고 보면, 윤동주의 시가 아름다운 것은 엄혹한 시대 속에서도 '별 하나에 아름다운 말 한마디씩 불러보겠다'며 아이들과 이웃과 동물과 시인의 이름들을 나열했기 때문일 테다. 이름을 하나씩 기억하며 부르는 것만으로도 아름다운 한 편의 시 구절이 되고, 이름의 주인들은 누군가의 밤하늘에서 잊히지 않는 별이 된다.

관공서 서류나 병원 리스트에 적힌 우리의 이름은 단순 구분을 위한 표식이다. 끝자리 번호만 다른 대량 생산품의 제조 번호처럼. 그때 우리는 어떠한 특별한 존재도 아니다. 하지만 누군가 나를 떠올리며 부르는 이름은 아무래도 특별하다. 내 이름 '지연'은 뜻 지(志)에 고울 연(姸). 자기 뜻을 가진 아름다운 사람이 되라는 의미다. 타인의 입을 통해 이름이 불리며 그 뜻이 다시 한번 세상에 새겨진다. 그래서 이인칭을 써도 되는데 굳이 이름을 부르는 다정함이 좋다. '지연아'라고 부르는 목소리가 울릴 때마다 공기 중에서 의미가 부푼다. 이름에는 힘이 있다.

그래서 예전에 일곱 살 난 딸의 이름을 바꿔준 친구는, 개명을 하면 새 이름으로 많이 불러주어야 한다고 했다. 만 번은 불려야 비로소 새로운 뜻을 자기 것으로 가질 수 있게 된다고. 사실인지 아닌지는 모르지만 그렇다고 손해 볼 일도 없으니, 이인칭이나 삼인칭을 써야 할 때에도 일부러 아이의 새 이름을 불러주었다. 내 입으로 새 이름을 또박또박 발음하는 사이에 그의 존재가 세상 속에서 더 뚜렷하게 새겨지길, 새 뜻처럼 더 행복해지길 무의식중에 바랐다. 그렇게 부르는 사이에 아이의 새 이름은 내 마음에도 깊게 새겨졌다.

이렇게 누군가의 이름을 부르면 그 사람은 나의 세계 안에서 선명한 의미를 가진 존재가 된다. 이름 부르기는 바깥에 있던 타자를 불러와서 우리의 두 세계를 연결하는 일이기 때문이다. 어떤 사람을 소중히 여기고 싶다면 먼저 그의 이름을 소리 내어 불러보아야 한다.

이름 부르기 하나로 너무 거창한 이야기를 풀었나 싶지만, 하고 싶었던 말은 별것 아니다. 좋아하는 사람들이 다정하게 내 이름을 부르는 느낌과, 또박또박 발음한 그들의 이름이 내 입속에서 울리는 순간이 좋다는 것. 서운해서 실컷 화가 났더라도 좋아하는 사람이 '지연아'라고 이름을 부르면 갑자기 마음이 사르르 풀린다. 이름을 부르는 일이 글자를 발음하는 일 이상이기 때문이다.

그걸 아는 예술가들은 작은 것 하나도 이름을 부르며 지금 이 순간을, 오늘을, 삶을 소환한다. 언젠가 사라질 우리는 누군가의 입가에 맺히는 이름으로 남는다. 시간이 지나면 더 이상 눈에 보이지 않고 손에 잡히지 않을지라도 그렇게 하나씩 불러준다면 영원히 이곳에 새겨질 수 있다. 곧 사라질 호두나무의 매일을 기록하는 건 그런 일이다.

작가의 노트에는 호두나무의 시간이 아래로부터 시작된다고 쓰여 있었다. 나무 아래에는 무엇이 있을까. 물론 나는 그 호두나무를 실제로 본 적이 없다. 그러나 그 아래에서부터 시작되는 다정한 시선, 이름을 부르며 안녕을 기원하는 마음을 그림 속에서 본 것도 같다.

잎으로 잎 모양을 만드는 사람

"밤바다에서 수영해 본 적 있어요?"

그날 망원동 구석에 자리한 카페의 조명은 조금 어두웠다. 저녁을 먹으며 술을 한잔 마신 탓에 모두가 살짝 상기된 볼을 하고 있었다. 작가와 큐레이터와 비평가, 또래의 세 여자가 각자의 작업 근황을 나누러 만났다가, 사는 이야기와 연애 고민까지 터놓으며 대화가 한창 무르익던 터였다. 운을 띄운 작가는 말을 이었다. 우연히 밤바다에서 스노클링을 해본 적이 있다고. 칠흑같이 어두워 위아래도 구분되지 않는 바닷속에서 빛나는 해파리들이 춤을 추고 있었다고 했다.

"태어나서 본 것 중 가장 아름다운 장면이었어요. 내가 만드는 작품이 다 무슨 소용일까 싶었다니까요." 잠시 정적이 흘렀다. 커피가 식어가고 있었지만 누구도 개의치 않았다. 우리 세 사람은 발그레한 볼을 한 채 저마다의 밤바다에 잠시 다녀온 듯했다. 정말 우리가 만드는 것을 무력하게 할 만한 아름다움이 그곳에 있는지 생각하면서.

밤바다와 해파리 이야기가 다시 떠오른 것은 몇 년 뒤

원주의 산자락에서였다. 안도 타다오(Ando Tadao)가 지었다는 미술관을 안팎으로 둘러보고 제임스 터렐(James Turrell)의 작품을 오랜 시간 바라보았다. 건축가가 심혈을 기울였다는 명상공간에서 짧은 명상까지 마치자 몸이 개운해졌다. 더위에 가려 보이지 않던 산세가 눈에 들어왔다. 옆에 있던 사람이 물었다. 이미 있는 풍경이 그대로 아름다운데 왜 그림으로 그려야만 하느냐고.

질문을 들으며 주위를 둘러보았다. 굽이굽이 펼쳐지는 능선을 따라 팔월의 초록이 완연했다. 뻔하지만 하늘은 푸르렀고, 어느 것 하나 그림 같지 않은 것이 없었다. 앞서 본 인간이 만든 것들보다 명백하게 아름다웠다. 지금 내 눈은 봄비가 내리는 풍경만을 위해 존재한다고 했던 밀레(Jean-Francois Millet)의 말처럼, 내 눈은 단지 팔월의 초록을 보기 위해 존재하는 것 같았다.

밀레는 그런 눈으로 프랑스의 자연을 그려냈다. 그리고 자연의 섭리에 순응하며 살아가는 농부들의 성실한 삶을 자연과 동등하게 표현했다. 그의 대표작 〈이삭 줍는 사람들〉(1857)이나 〈만종〉(1857~1859)에서 볼 수 있듯이 농부들의 모습은 나무나 구름처럼, 자연 그 자체였다. 사회 주변부에 있는 이들을 가운데로 불러낸 이 작품들은 농부들을 성스러운 존재로 보이게 만들었다. 그게 밀레의 시선이었다. 사람들은 밀레의 작품들이 사회비판적이라고 했고, 비평가들은 그가 사회주의자라고 했다. 이미 세상을 떠난 작가의 진의는 알 수 없으나, 밀레가 드넓은 대지와 농부들이 지닌 힘을 발견했고, 덕분에 있는 그대로의 풍경을 담은 그의 그림이 또 다른 풍경이 되었다는 건 확실하다.

같은 장소의 같은 사물이라도 사람마다 다르게 본다. 누군가가 자기만의 시선으로 바라본 것을 다시 그림이나 글로 옮겨낼 때 그의 손길이 닿으며 또 한 번의 변화가 일어난다. 번역에 번역을 거듭하는 사이에 한 사람의 시선이 더 진하게 응축된다. 풍경이나 사물, 사람의 내부에 있던 보이지 않는 힘은 누군가의 시선에 의해 발견되면서 그제야 모습을 드러낸다.

어떤 시선은 눈을 감고도 풍경을 본다. 박이도 작가의 풍경화는 그런 시선으로 탄생했다. 작가의 어머니는 눈을 감으면 보이는 풍경이 참으로 아름답다고 하셨다. 그는 어머니를 따라 눈을 감은 채 감각을 더듬어 풍경을 찾았다. 신기하게도 눈을 감아야만 보이는 풍경이 있었다.

눈꺼풀이 눈을 덮어도 아른거리는 잔상이 남는다. 방금 본 장면에 이전에 보았던 장면들이 겹쳐진다. 풍경을 응시하는 시선에는 과거로부터 시작되어 미래로 향하는 역사가 묻어 있다. 그리하여 한 사람의 눈이 풍경을 바라볼 때, 그가 살아온 삶 전체가 풍경을 바라보게 된다. 이를 깨달은 작가는 밀랍을 켜켜이 쌓아, 분명히 존재하지만 존재하지 않는 풍경을 그리기 시작했다.

박이도 <풍경의 피부>, Wax and Mixed media on wood, 78.5×78.5cm, 2023

어느 날 그의 작업실에서 허락을 구해 작품의 표면을 천천히 쓰다듬었다. 손바닥의 부드러운 살갗 아래로 밀랍이 머금은 수분의 촉촉함과 함께 비정형의 굴곡을 느끼며, 회화는 형태가 아니라 힘을 그려야 한다는 들뢰즈

(Gilles Deleuze)의 말을 기억해 냈다. 오랜 시간을 겪어낸 한 사람의 피부와 같은 풍경이 거기에 있다. 시간을 들여 쌓은 그림의 피부 위로 그의 과거에서부터 지금까지 통과해 온 풍경의 힘이 배어났다.

또 어느 작가는 스스로를 '잎으로 잎 모양을 만드는 사람'이라고 불렀다. 이미 있는 자연의 아름다움을 캔버스 위에 옮기는 자신은 결국 잎을 오려서 잎 모양을 흉내 내는 사람에 지나지 않는가 하고. 바로 숲의 풍경과 정령들의 모습을 그리는 김여진 작가다.

그의 그림 〈잎으로 잎 모양을 만드는 사람〉(2023)에서, 정원사처럼 앞치마를 두른 정령은 잎을 가위로 자르고 있다. 그 아래에는 이미 실패한 듯한 잎의 조각들이 흩어져 있고, 정령의 얼굴에는 확신이 없다. 이번에도 '잎 모양'을 만들어 내는 데에 실패할까 불안이 서려 있다. 작가는 이 정령의 모습이 그림을 그리는 자신과 같다고 말했다. 하지만 작가가 그려낸 숲의 풍경이 현실과 다르듯이, 그림 속 정령이 잘라낸 잎의 모양도 원래의 잎과 다르다. 닮았든 아니든 이미 손을 댄 이상 처음과 같을 수는 없다. 나는 어쩌면 그것이 작가가 발견해 낸 진짜 잎의 모양일지도 모른다고 생각했다.

'풍경을 바라본다'고 말할 때, 우리는 오로지 지금 눈 앞의 풍경을 본다. 그러나 이상하게도 우리는 그림 속 풍경에서 언제나 풍경 너머를 본다. 존 버거는 『어떤 그림』(열화당, 2021)에서, 회화는 사물의 내부에 담긴 원형을 그려내는 것이라고 했다. 그러니까 작가들은 과거에서부터 현재를 지나 다시 미래로 흐르는 존재, 시간을 관통하는 본질을 그린다. 자신의 삶을 들여 발견해 낸 것이다.

우리는 작가의 시선을 담은 그림 너머로 잎을 다시 바라본다. 잎은 있는 그대로 아름답지만, 작가의 힘으로 새롭게 오려낸 잎의 모양을 통해 비로소 진짜 잎을 본다. 마치 위대한 초상 사진 한 장이 실제로 인물을 만나는 것보다 더 깊은 내면을 드러내는 것처럼.

눈을 감아 본다. 살아온 시간 동안 만난 풍경화들이 모두 겹쳐진다. 사각사각, 잎을 오리는 소리가 들린다. 숲을 채운 수많은 잎 중에서 단 하나의 잎이 내 앞으로 온다. 시야가 흐려지며 오히려 또렷한 힘이 느껴진다. 이렇게 나는, 이미 있는 그림의 아름다움을 쓴다.

2부

우리가 그리는 커다란 원

미술관에 가지 않는 여행

내가 좋아하는 여행지는 '볼 게 없는 곳'이다. 정확히는 '볼 의무'가 없는 여행지. 빼곡한 명소를 모두 보려고 마음먹었다가 미처 다 보지 못하면, 여행을 마치고도 제대로 여행하지 못한 기분이 들어서 이내 피곤해졌다. 여행 경험이 적었을 때는 파리의 에펠탑을 꼭 보고 싶었지만, 시간이 지나 명소에 시들해지고 나서는 일부러 '볼 의무'가 없는 곳을 찾았다.

우리나라 사람들이 잘 가지 않아 여행 정보조차 적었던 폴란드의 크고 작은 도시들, 온천을 즐기러 온 할아버지 할머니들 사이에서 천천히 걸으며 숲의 초록이나 바라보는 게 전부였던 체코의 마리안스케 라즈네, 별생각 없이 찾았고 역시나 별것 하지 않았던 포르투갈의 아베이루와 핀란드의 포르보가 그런 곳이었다.

공공연한 비밀인데 여행 코스에 반드시 미술관을 넣지는 않는다. 직업이 미술비평가라면 떠나는 여행마다 아트 투어일 것 같지만, 가끔은 미술 또한 내가 멀어지고 싶은 일상이다. 정 가고 싶은 미술관이 있다면 일정 중 가장 한가한 날에 가보거나, 방문한 도시에서 우연히 흥미로운 미술관을 발견했을 때 기대 없이 슬쩍 들르는 식이다. 돌이켜 보면 체할 것처럼 많은 작품을 본 여행보다 미술관 밖의 여행이 내게 더 많은 경험을 가져다주었다.

꼭 가봐야 할 명소나 꼭 봐야 할 작품은 너무 부담스럽게 빛나는 사람 같다. 누구나 잘 알고 있어서 나 또한 잘 알아야 한다는 의무감에 휘둘린다. 그러나 알아야 할 의무는 없지만 저절로 마음이 가는 사람이 있다. 특별하기보다 무던해서 내게 슬며시 틈을 주는 사람. 그런 사람 앞에서는 부담 없이 본연의 모습이 될 수 있다. 그리고 내가 가장 편안한 상태일 때, 상대와 나 그리고 우리 사이의 예기치 못한 특별함을 발견할 수 있다. 그런 관계라면 더욱 최선을 다하고 싶어진다.

헬싱키가 그런 도시였다. 먼저 다녀온 친구는 '노잼 도시'라고 했지만, 내게는 그동안 방문한 도시 중 가장 편안한 곳이었다. 쾌가 많아서가 아니라 불쾌가 없어서였다. 낯선 여행지에서는 문화적 차이로 인한 불편함과 인종 차별, 노골적인 자본의 그늘과 사소한 불친절까지 필연적으로 불쾌와 마주할 수밖에 없다. 감각적인 쾌가 이어지더라도 불쾌가 도로 위의 요철처럼 불쑥 얼굴을 내민다면, 그 여행지는 아쉽게도 좋은 기억으로 분류되지 못했다.

내가 만난 헬싱키는 도시가 작고 차들이 사납지 않아

걷기가 편안했고, 곳곳에 녹지가 있었다. 그곳 사람들은 사근사근하게 응대하지는 않았지만 주문이나 계산을 틀리지 않았고, 음식을 먹는 동안 무관심한 듯했지만 식기를 떨어뜨리자 30초가 되지 않아 새로운 식기를 가져다주었다. 멀리서 온 관광객이거나 돈을 내는 고객이라고 해서 특별히 친절한 대우를 해준다기보다, 각자 자기 자리에서 할 일을 성실히 한다는 느낌이었다. 헬싱키에 머무는 내내 도시의 물리적 구조와 무형의 시스템, 사람들의 태도가 물 흐르듯 편안하게 이어졌다.

그 흐름은 마지막 날 방문한 오오디 도서관(Helsinki Central Library Oodi)에서 정점을 찍었다. 지대가 높을 것이 분명한 시내 중심가에 시민을 위한 도서관을 지어버리는 패기, 아름다운 공간 디자인과 그곳을 채우는 알찬 콘텐츠, 지식을 생산하고 공유하는 태도, 자연스레 숨어 있는 세심한 질서와 배려까지 어느 하나 빠지는 것이 없었다.

그곳에서는 휠체어를 타고도 도움 없이 책을 고를 수 있었고, 어린이와 어른의 공간이 분리되어 있지 않았다. 한편에는 당당히 유모차 주차장이 있었다. 서가 사이의 식물들조차 빛이 모자라지 않도록 배려받고 있었다. 심지어 여행객인 나조차도 위화감이 없었다. 이 도시를 떠받치는 견고한 질서 내에서는 내가 어떤 누구여도 동등하게 안전하다는 생각이 들었다.

시내 중심가에 쇼핑몰 대신 도서관을 짓도록 한 결정처럼, 작은 배려와 질서는 쉬워 보이지만 사실 한 사회를 이루는 주체들이 치열한 조정과 합의 끝에 도출해 낸 결론이다. 그곳에서는 한 사회가 변화해 온 두터운 나이테가 엿보였다. 나는 그날 도서관의 카페에 앉아 부러움의 한숨을 쉬었다. 심지어 커피까지 맛있었기 때문이다.

오오디 도서관은 바로 옆의 키아스마 현대미술관(Museum of Contemporary Art Kiasma)을 포기한 선택이었다. 미술관 일정을 포기하는 일은 생각보다 쉽다. 나는 최근 프랑스 리옹에 몇 주나 머물면서도 숙소 바로 근처의 미술관에 가지 않았다.

물론 미술관과 갤러리 방문을 최우선으로 한 여행도 있었다. 언젠가 런던이나 파리, 바르셀로나 여행이 그랬다. 그러나 짧은 여행에서 모든 욕망을 충족할 수는 없으니 선택과 집중을 해야 한다. 내가 여행에서 원하는 것은 거리감과 낯섦이 깨워주는 감각이라는 것을 진작에 알았다. 돌이켜보면 수많은 여행 중 만났던 가장 반가운 사람은 다른 누구도 아닌 나였고, 유명하지 않은 도시에서 두고두고 기억할 만한 장면을 목격할 수 있었다. 미술관을 고집하기보다 그때 최선인 경험을 택하는 이유다.

헬싱키 여행 중 하루는 영화 〈카모메 식당〉(2007)에 나오는 바닷가의 카페에 들렀다가 빈티지 가게가 모여 있는 거리를 걸었다. 숙소로 돌아가는 길에 있던 쿤스트할레 헬싱키(Kunsthalle Helsinki)의 외벽에는 우고 론디노네(Ugo Rondinone)의 대표작인 무지개 시리즈가 설치되어 있었고, 무지갯빛 글씨로 'Everyone Gets Lighter.(모두 가벼워지네)'라고 적혀 있었다. 마침 그 시기에 열린 론디노네의 전시*를 마주친 것이다. 하지만 미술관 안으로 들어가지는 않았다. 동행한 엄마는 대형 미술관을 관람하는 걸 힘들어 하는 편이었고, 나는 이미 피로에 절여진 엄마를 기다리게 하고 싶지 않았다.

함께하는 여행의 목적이 무엇인지 다시 생각했다. 미술 작품을 만나는 일은 중요하지만, 이 순간 역시 다시 오지 않는다. 작품과 마찬가지로 오늘의 삶에서 발견하는 것이 있다. 무엇이 더 중요하다고 말할 수는 없지만, 내 경우에는 이왕이면 오늘을 보는 것을 택한다. 낯선 사람들이 사는 모습을 관찰하거나, 내 옆에 있는 사람의 표정을 살피는 것이 예술을 보는 눈을 더욱 넓혀주는 날도 있기 때문이다.

론디노네의 전시를 놓친 것을 후회하지 않는다면 거짓말이다. 선택할 수 있는 최선은 각자 다르고, 포기한 쪽에 남는 후회는 당연한 결과다. 그러나 그때 나는 론디노

---

* Ugo Rondinone <Everyone Gets Lighter> 2019. 8. 17~11. 17, Kunsthalle Helsinki

네 대신 헬싱키의 바닷가의 약간 쌀쌀한 공기, 쨍한 햇살, 선명한 초록과 파랑, 그것들을 바라볼 때 엄마의 얼굴에 번진 미소를 가졌다. 두 발로 걸으며 보았던 헬싱키의 골목 풍경과 사람들이 사는 모양을 기억한다. 리옹에서는 내 친구가 남은 삶을 보내게 될 도시의 풍경을 구석구석 눈에 담았다. 또한 친구의 결혼식에 쓸 와인을 고르러 가는 길에 보았던 보졸레의 포도밭 풍경, 처음 만나 같이 놀게 된 아이가 까르르 웃던 소리, 친구의 프랑스 가족과 모여 소중히 가꾼 어머니의 정원과 할아버지가 그린 그림을 구경한 시간은 쉽게 얻을 수 없는 행운이었다.

키아스마 현대미술관에 그때 무엇이 있었는지 나는 영영 알 수 없을 것이다. 하지만 오오디 도서관은 잊을 수 없는 경험이었다. 사진 속에는 'Everyone Gets Lighter'라고 쓰인 쿤스트할레 헬싱키의 외벽만 담겨 있지만, 내 기억 속에는 그날 숙소로 돌아가 엄마와 함께 장을 봐서 마련한 저녁 식탁이 더 깊게 남아 있다.

론디노네의 전시 제목이었던 〈Everyone Gets Lighter〉는 미국 시인 존 지오르노(John Giorno)가 쓴 시의 제목이다. 지오르노는 우리가 매일 셀 수 없이 반짝이는 많은 선물을 받는다고 노래한다. 무슨 일이 일어나는지가 아니라 우리가 그것을 어떻게 받아들이는지가 중요하다고.

쏟아지는 전시와 작품을 구분하고 살피는 일은 중요하다. 부지런히 배움에 할애하는 날들도 있다. 그런 날이 쌓여 이제는 좋은 작품을 가리는 나만의 기준도 생겼지만, 더 좋은 작품이라고 해서 내 인생에 더 중요한 성찰을 주지는 않았다. 예술 감상은 놀라운 경험이지만, 삶의 다른 경험보다 언제나 우위에 있다고 할 수는 없다. 그것을 깨달았을 때 나는 더욱 가벼워졌다. 언젠가는 미술관을 먼저 가는 날도 있겠지. 거기서 만날 스펙터클은 또 그것대로 아껴둔다. 오늘만 사는 것은 아니니까.

공교롭게도 헬싱키 여행이 끝난 지 얼마 되지 않아 지오르노가 세상을 떠났다. 하지만 나는 론디노네를 만나는 순간이 다시 오지 않을까 생각했고, 정말로 몇 년 뒤 론디노네의 작품을 서울에서 만날 수 있었다. 그때 우리 사이에는 또 다른 작품, 또 다른 만남이 있었다. 그리고 나는 지금 원주에서 보게 될 론디노네의 새로운 전시*를 기다리고 있다.

삶은 여전히 선물로 가득 차 있다. 가벼운 마음으로 누릴 때 만날 수 있는 것들이 있다. 지오르노가 떠난 뒤에야 나는 그의 시를 읽었지만, 왠지 그가 남긴 마음을 이해할 수 있었다.

---

* Ugo Rondinone <Burn to Shine> 2024. 4. 6~9. 18, 뮤지엄 산

헬싱키를 떠나 스톡홀름에 도착했다. 첫날은 숲의 묘지를 산책하고, 시립도서관에 들렀다가 저녁에는 보트를 탈 예정이었다. 엄마와 함께하는 여행이라 특히 일정과 체력을 섬세히 안배했지만, 흐리고 비 오는 스톡홀름의 가을 추위는 예상치 못했다. 한겨울 같은 날씨에 배를 탔다가는 둘 중 하나는 감기에 걸릴 것 같아 오후에는 숙소로 돌아가기로 했다.

둘이 나란히 침대에 누워 쉬는 동안, 엄마는 나와 한 여행들을 세었다. 모든 여행이 꿈같았다고, 남은 인생에 별다른 이벤트는 없을 거라 생각했는데, 네가 있어 이런 곳에도 와본다고, 고맙다고 했다. 그 고맙다는 말 한마디에 여행 중에 있었던 모든 고난과 사소한 원망이 사르르 녹았다. 매번 가까운 사이가 가장 어렵게 느껴지지만, 사실 가까운 사이에 필요한 것이야말로 아주 솔직한 말과 단순한 행동이다.

얼마간의 시간이 흘렀다. 엄마는 고단했는지 깊이 잠들었다. 그가 잠들었다는 사실을 증명하는 아주 약한 코 고는 소리를 들으면 어쩐지 안심이 된다. 나도 그대로 쉬려고 마음먹었다. 그런데 커튼을 치려다 슬쩍 내다본 하늘은 아, 정말, 나가야만 하는 색깔이었다.

“엄마, 일어나 봐. 우리 나가야 돼!”

우리는 허겁지겁 옷을 주워 입고 밖으로 나섰다.

방향 없는 산책을 하는 동안 실시간으로 노랑과 주황과 분홍과 보라가 켜켜이 쌓였다. 선물 같은 노을이었다. 해가 지는 방향으로 걸으며 하늘의 색이 변하는 과정을 감상하다가, 저녁을 먹기 위해 다시 해가 지는 반대 방향으로 걸었다. 도착한 곳은 뜬금없이 벨기에 식당이었지만, 거기서 마신 맥주는 여행 일정을 통틀어 가장 맛있었다. 우리는 아직도 틈만 나면 그 맥주 맛을 이야기한다.

날씨를 살피다 배를 포기하고 숙소로 돌아온 것, 창밖의 하늘을 보고 급히 밖으로 나선 것처럼 갑자기 내린 결정들이 좋은 타이밍을 가져다주었다. 과거를 되짚거나 미래를 준비하기보다, 현재를 온전히 느끼며 감각을 풍성하게 부풀릴 때 가능한 사건들이다.

나는 지금도 그해 가을 론디노네의 전시를 보지 못한 것을 후회한다. 하지만 어떤 사람은 일생에 한 번 스치고 영영 못 만나기도 하고, 어떤 사람은 우연히 자주 만나 인연이 되는 것처럼, 예술 작품도 약간의 운명에 맡기는 편이 낫다. 보려고 너무 애쓰다가 오히려 다른 것들을 놓친다. 세상의 가려진 부분을 엿보고 삶을 풍성하게 만드는 경험이라면 무엇이 더 우위에 있다고 말할 수 없다. 그해 가을 여행의 어떤 날들은 미술보다 더 마법 같았다.

커다란 원과 미지근한 마음

전시에 가면 작품 외에 눈에 보이는 것이 많은데 그중 하나가 바로 제작 연도다. 개인전은 한 작가가 그동안 작업한 결과물을 한꺼번에 펼치며 작업의 변화를 보여주는 자리인데, 신작은 물론이고 그 사이 그룹전이나 단체전에서 선보인 작품들도 포함되기 마련이다. 그런데 늘 지켜보던 작가의 전시에서 못 보던 작품이 너무 많으면 좀 이상한 기분에 제작 연도부터 살핀다. 직업병 같은 거다. 만약 최근의 숫자들이 빼곡하다면, 그는 한동안 미친 사람처럼 작업에 매달렸을 가능성이 높다. 새벽까지 잠 못 이루고 작업했을 모습이 그려져서 괜히 마음이 먹먹해진다.

오랜만에 만난 한 작가와 커피를 나누다가 밤샘 작업 이야기가 나왔다. 밤샘이 몸에 나쁘다지만 그래도 아무런 방해 없는 혼자만의 어둠이 꼭 필요하다고. 집중해서 간신히 이어낸 끈을 놓치고 싶지 않아 하나만 더, 하나만 더, 하다가 자꾸만 밤이 더 깊어진다고. 서로의 마음을 너무 잘 아는 우리는, 좋아서 미치지 않으면 누가 이런 걸 계속 하겠느냐고 깔깔 웃었다. 그러고는 조금 미쳤더라도 오래

오래 같이 일하려면 건강해야 되니까 앞으로는 조금만 더 몸을 아끼자고 다짐하며 헤어졌다.

그는 바다 건너에서 일하니까 이렇게 헤어지면 아마 몇 달이나 1년 뒤쯤 만날 수 있을 테다. 하지만 새로 전시를 할 때마다 이전에 슬쩍 귀띔해 준 작업의 내용이 구체화 되어 있는 걸 보면 내 작업도 아닌데 어쩐지 감격스럽다. 나 또한 더 부지런해지자고 다짐하게 된다.

2000년대 초반 서울에서 오노 요코(Ono Yoko)의 전시* 가 크게 열렸다. 전시를 본 지 오래돼서 내용은 거의 다 잊어버렸는데, 무심한 선 하나가 아직도 가슴 속을 지키고 있다. 갤러리의 흰 벽에는 긴 수평선이 그어져 있었고, 그 아래에는 'This Line is Part of a Very Large Circle.(이 선은 아주 커다란 원의 한 부분이다)'라고 쓰여 있었다. 목적지가 보이지 않는데도 여전히 달려야 할 때마다 그 선을 떠올렸다. 나도 그런 커다란 원을 그리고 있는 거라고 생각해 왔다. 어차피 그리는 거니까 기왕이면 조금 더 천천히 멀리 돌며 가능한 한 원의 크기를 키워보자고.

원의 모양을 더 빨리 완성하거나 아예 원이 아닌 수직선을 타고 위로 급히 올라가는 게 더 대단한 줄로 알았다. 하지만 그동안 수없이 반짝 빛났다 사라지는 것들을 보고

---

* <오노 요코: YES YOKO ONO> 2003. 6. 21~9. 14, 로댕 갤러리

나서야, 오래도록 빛나는 게 더 어려운 일이라는 걸 깨닫는다. 멀리 둘러 가야만 이룰 수 있는 넓은 품이 있고, 거기서부터 지치지 않는 꾸준한 빛이 시작된다는 것을.

그래서 진심으로 오래 건강하게 계속하잔 말을 자주 한다. 예술 아니라 어떤 일도 절대적으로 안전한 방법은 없다. 조금 위태로운 가운데 최선을 다해 밸런스를 지키며 자기만의 요령을 습득해야 한다. 조금만 더, 조금만 더, 하는 간절한 마음을 누구보다 잘 알기 때문에, 이왕이면 무탈하게 그 '조금'을 해낼 수 있기를 바란다. 그래도 막간에 숨을 쉬어가면서, 좋아해서 애타지 않으면 도대체가 할 수 없는 이 바보 같은 일을 우리 오래오래 같이했으면 좋겠다.

그러고 보면 좋은 작가들은 대체로 매일 성실하게 일하는 사람이었다. 자신을 조금 더 밀어붙이다가도 잠시 숨을 골라 가며, 지속할 체력을 만들고, 동료들과 함께 견딘다. 그들은 작가가 건강해야 좋은 작품이 나온다고 망설임 없이 말한다.

새로 옮긴 작업실 근처에 개천이 있어 매일 자전거를 탄다거나, 더 체력을 기르고 싶어 크로스핏을 시작했다는 이야기, 작업량이 많을 때에는 어시스턴트들과 함께 노래하며 작업한다는 이야기, 다양하게 커피 내리는 방법을 연구하며 기쁨을 찾거나 식물 키우기에 빠졌다는 이야기. 그중 가장 기뻤던 것은 아파서 일을 쉬었던 이가 드디어 회복하고 요가를 시작했다는 소식이었다.

몸을 지키는 코어 근육도 중요하지만 삶의 중심을 지탱하는 마음의 코어 근육은 더 중요하다. 몸의 근력처럼 마음의 근력도 연습하면 조금씩 는다. 마음의 근육이 탄탄하면 지나가는 어떤 것도 삶의 본체를 훼손할 수 없다. 어떤 사람들은 반 고흐처럼 불행한 예술가의 서사를 믿지만, 정작 작업하는 이들은 그런 것에 휘둘리는 대신 조금 더 햇볕을 쬐길 택한다. 꼬박꼬박 운동을 하고 밥을 챙겨 먹고 동료들과 고민을 나누며 잔잔하게 반복되는 일상을 만든다. 매번의 작업이 생존의 고비라면 어떻게 오래 견딜 수 있으며, 오래 견디지 않으면 어떻게 더 나아질 수고, 어떻게 더 좋은 것을 만들 수 있겠냐며.

하지만 이렇게 버티는 삶 뒤에는 항상 그늘이 있다. 아무리 노력해도 성공의 기회나 작품 세계의 확장 같은 성장의 표식들이 나를 비껴갈지도 모른다는 불안이다. 나 역시 마찬가지지만 그럴 때면 김연수 작가가 『청춘의 문장들+』(마음산책, 2014)에서 말한 '목'이라는 단어를 새긴다. 한 자리에서 오래 장사하는 사람들은 '대목'이 오든 파리가 날리든 일희일비하지 않고 흐름을 지켜본다고 했다. 흐름은 나 하나의 힘으로 바꿀 수 없다. 기나긴 작업을 하기 위해서는 마음대로 되지 않는 흐름도 담담히 지켜보는 태도가 필요하다.

일상을 성실하게 채우면 몸과 마음 곳곳에 잔근육이 자란다. 거대한 목적이라는 큰 근육을 키워놓아도 보조해주는 잔근육이 없다면 다치기 쉽다. 하지만 잔근육을 구석구석 만들어 두면, 원치 않는 순간에 갑자기 삶의 핸들이 꺾여도 좀 더 쉽게 버텨낼 수 있다. 잘 되는 날에는 안 좋은 날을 위해 마음을 조금 아껴두고, 안 좋은 날에는 아껴둔 마음을 꺼내 조금 더 버텨보는 거다. 나아질 미래를 품으며.

그런 마음으로 우리는 '목'을 기다린다. 미지근한, 그러나 식지 않는 마음으로. 쉼 없이 뜨거운 마음은 동력이 될 수 있지만 스스로를 해치고 금세 사그라든다. 반 고흐가 남긴 작품들은 불타오르는 태양처럼 아름답지만, 그 역시 건강하게 오래 작업했다면 더 무르익은 아름다움을 남겼을지도 모른다.

내게도 건강한 일상을 지키기 위한 습관이 몇 개 있다. 그중 하나가 허리 재활을 위해 시작한 필라테스다. 해보기 전에는 기구의 스프링을 무겁게 걸어야만 힘들 거라고 생각했는데, 사실 가벼운 무게를 걸어두고 평온하게 움직이는 게 몇 배나 더 힘들다. 중력 없이 온전히 자기 힘으로 버텨야 하기 때문이다. 가볍고 우아한 움직임이야말로 훨씬 강한 근력이 필요하다. 유연한 힘 빼기는 힘과 근력을 기른 후에 가능한 일이었다.

어릴 땐 무지 견고하고 진중한 사람이 되고 싶었다. 하지만 이제는 오히려 너무 무겁지 않은 사람이 되고 싶다. 중력을 견뎌본 적 없는 천진한 가벼움 말고, 충분한 마음의 근력을 가진 사람의 우아한 가벼움. 그래서 예전보다 미술과 글쓰기를 더 미지근하게 좋아한다. 태워버릴 것처럼 내리쬐는 여름의 햇살은 내 삶도 말라붙게 만든다. 그보다는 따스한 봄빛 아래에서 촉촉하고 통통한 마음을 오래오래 돌보고 싶다.

필라테스를 마치고 돌아오는 길에 문득 작년 봄에 지키지 못한 약속이 떠올랐다. 지난한 작업 여정을 나누며 서로 마음을 기대는 동갑내기 작가 친구와 함께 마라톤에 나가기로 한 약속이었다. 하지만 마흔을 목전에 둔 우리는 몸 컨디션과 작업량을 마음대로 조절하기 어려웠고, 결국 마라톤을 시작하지 못한 채 새로운 해를 맞았다.

하지만 겨우 이런 것으로 실망하지 않는다. 우리 둘 다 마라톤은 아직 무리일 테니, 먼저 가까운 곳에 트래킹부터 가자고 해야겠다. 각자 몇 번의 전시와 책을 만들고, 그 사이에 종종 만나 걷다 보면 언젠가는 훌쩍 뛰는 날도 있을 거라고 믿는다. 우리가 그리는 원은 아주 커다랗고, 그 둘레를 따라 걷는 마음은 미지근할지언정 좀처럼 식지 않을 테니까.

밥 먹자는 말

밥 먹자는 말을 잘 하지 않는다. 아직 가깝지 않은 사이라면 애매한 시간대에 만나서 커피 한잔하는 정도가 적당하다. 밥을 먹으면 메뉴를 고민해야 하고, 커피나 술처럼 다음 자리로 이어지는데, 깊어지는 이야기와 이어지는 관계가 부담스러운 걸지도 모르겠다.

"다음에 밥 먹어요." 대신 "커피 한잔해요."를 쓰는 내게 밥 먹자는 말은 조금 어색하다. 언젠가 밥 먹자는 말이 명백한 관심의 표현이 될까 봐 주저하는 내게 친구가 말했다. "왜 못해? 밥 먹자는 말은 그냥 사회생활의 기본이야." 그러게, 밥 먹자는 말은 사랑한다는 말도 아니고 계약하자는 말도 아니다. 밥은 결론이 아니라 매개다. 테이블을 사이에 놓고 아직 무엇이 될지 모를 우리 사이의 가능성을 타진해 보자는 뜻이다.

밥 먹자는 말을 쉽게 하지 못하는 나와 달리, 미술관에 사람들을 잔뜩 불러서 밥을 먹이는 사람도 있다. 2022년 가을, 제주 비엔날레*에 참가한 태국계 예술가 리크릿

* 제3회 제주 비엔날레 <움직이는 달, 다가서는 땅> 2022. 11. 16~2023. 2. 12, 제주도립미술관 외

티라바니자(Rirkrit Tiravanija)는 제주에서 난 재료로 음식을 만들어 관객들에게 대접하기로 했다. 그는 전시 기간보다 일찍 제주에 도착해 제주의 재료로 막걸리를 빚고 제주 옹기토로 그릇을 만들었다.

전시장에는 작가의 여정이 담긴 제주의 지도, 제주의 흙이 포함된 안료로 쓴 글씨가 걸려 있었고, 관객들은 그곳에 앉아 제주의 그릇에 담긴 차와 막걸리, 작가의 고향 음식인 커리를 먹으며 대화를 나누었다. 비엔날레가 진행되는 동안 계속 식사를 대접할 수 있도록 레시피를 지시한 후 제주를 떠났던 작가는 전시 기간 중 다시 돌아와 제주도민들과 함께 귤백김치를 담갔다. 전시가 끝날 무렵에 방문한 관객들은 이 또한 맛볼 수 있었다.

제주에서 차린 테이블의 기원은 1990년 뉴욕으로 거슬러 올라간다. 티라바니자는 한 갤러리에서 관객들에게 팟타이를 나누어주는 퍼포먼스를 선보였다.** 전시장이라는 정제된 공간에서 음식 냄새를 풍기며 식사를 하는 일은 당시로서는 매우 파격적이었다. 게다가 뉴욕 식당의 비싼 물가와 서비스 팁에 익숙했던 시민들은 작가가 내미는 무료 팟타이에 당황했다. 하지만 이내 옹기종기 모여 팟타이를 먹으며 이야기를 나누기 시작했다.

티라바니자의 팟타이로부터 시작해 미술관에서 무언

** Rirkrit Tiravanija <Pad Thai> 1990. 2. 7~2. 27, Paula Allen Gallery (New York)

가를 나누어 먹는 일은 점차 늘어났다. 몇 년 전 국립현대미술관의 전시*에서 대만 출신 작가 황 포치(Huang Po-Chih)는 간이 바(bar)를 차렸다. 그는 버려진 농지에 500그루의 레몬 나무를 심었고, 수확한 레몬으로 담근 술을 관객과 나누어 마시며 대화의 장을 열었다.

또한 서울시립미술관은 미술관에서 작가와 함께 점심을 먹으며 대화를 나누는 〈예술가의 런치박스〉라는 프로그램을 열고 있다. 매달 초청된 셰프가 그달의 주제를 음식으로 해석한 메뉴를 내놓는다.

미술관에서 벌어지는 이런 풍경들을 보며 관객들은 현대 미술이 대체 무엇이냐고 묻는다. 매일 먹는 밥이 어떻게 예술이 될 수 있냐는 것이다. 세계적 큐레이터 니콜라 부리오(Nicolas Bourriaud)는 이를 '관계 미술'이라고 부른다. 의미를 만드는 것이 중요한 현대 미술은 이제 작가 혼자서 마침표를 찍지 않는다. 작가는 임의의 공간을 만들고 관객을 끌어들여 서로 부딪히게 만든다.

관객은 티라바니자가 미술관에 마련한 식당에서 팟타이를 먹으며 미국과 태국의 문화 차이, 음식이나 여행에 얽힌 추억, 현대 미술의 새로운 시도에 관한 의견을 나눈다. 그리고 제주에서 난 재료로 마련한 테이블에서 제주의 자연과 문화, 역사적 사건에 대한 이야기, 작가의 기원

---

* MMCA 아시아 기획전 <당신은 몰랐던 이야기> 2018. 4. 7~7. 8, 국립현대미술관 서울관

이 담긴 태국 커리의 맛을 나눈다. 서로 떨어져 있던 낯선 세계가 음식을 통해 연결되면서 자연스레 질문하고 답을 구한다. 테이블은 그 자체로 미술이 된다.

10년 전에 언니가 해준 콩나물밥이 너무 맛있었다는 이야기를 아직도 하는 애가 있다. 정작 나는 뭘 해줬는지 기억도 잘 나지 않는데. 그땐 오랜 수험 기간 중이어서 멀리 나갈 시간이 없었고 후배한테 비싼 밥을 사줄 돈도 없었다. 괜찮다면 집으로 오라고 했다. 밥 안 먹었으면 들러서 한 숟갈 먹고 같이 이야기나 하다 가라고. 사치스러운 재료나 특별한 레시피도 없이 평소에 내가 먹는 밥에 숟가락 하나 더 놓았다.

와준 마음이 고마워서 그 애가 소중히 들고 온 마카롱의 색깔을 오래 기억했는데, 상대는 따뜻한 콩나물밥을 오래 기억했다. 그 테이블 위에는 내가 지내던 일상의 맥락이 담겨 있었고, 그곳에 앉은 사람은 나를 조금은 알게 되었을지도 모른다. 우리는 정작 학교 다닐 때 자주 보던 사이가 아니었는데, 지금은 안부를 묻고 일상을 나누는 가까운 사이가 되었다. 그래서인지 나는 '같이 밥을 먹는 사이'라는 뜻의 '식구'가 왜인지 '가족'보다 더 친밀한 단어로 느껴진다.

같이 먹은 음식은 함께 나눈 기억이 된다. 영화 〈남극의 셰프〉(2010)에서 남극 기지 대원들은 매일의 식사에서 큰 기쁨을 느낀다. 가족과 떨어져 느끼는 정신적 허기를 달랠 만한 것이 음식밖에 없었기 때문이다. 대원들은 고된 하루를 보내고 함께 따뜻한 저녁을 나누며 동료애를 단단히 쌓는다. 그들은 이내 함께 울고 웃으며 서로의 허기를 달래는 사이가 된다. 푸드 라이터 나이젤 슬레이터(Nigel Slater)의 유년기를 다룬 영화 〈토스트〉(2010)에서 소년 나이젤이 아버지를 위해 만들었던 다 태운 대구 요리가 괜히 마음을 끄는 이유라던지, 일본 드라마 〈심야식당〉(2009)에서 별것도 아닌 사소한 요리가 추억을 일깨워 관계를 다시 잇는 것도 비슷한 맥락이다.

『차별받은 식탁』(어크로스, 2012)에서는 평범해 보이는 서민들의 음식일수록 더 깊은 이야기가 담겨 있다는 사실을 짚어낸다. 흔히 먹는 치킨은 미국 인종 차별 역사의 상징이며, 소 창자를 바싹 튀긴 '아부라카스'라는 일본 음식은 오사카 도축장 근로자들의 삶을 담은 소울푸드다. 넓게는 지역마다 좁게는 집집마다 테이블 위의 음식이 비슷한 듯 다르다. 와인의 특색을 만들어 내는 떼루아처럼, 음식도 한입에 역사와 환경, 추억과 관계가 모두 담겨 있다.

그러니 함께 둘러앉아 밥을 먹는 건 여러 세계가 뒤섞이는 일이다. 음식이 사람과 사람을 잇고, 예술과 관객을 잇는다. 느슨하게 숟가락을 움직이며 웃고 떠드는 틈에서 새로운 이야기가 피어난다. 그러고 보면 미술도 결국 사람 사는 것과 다름없다. 작품을 통과하며 우리는 다시 삶에 도달한다. 낯선 사이에서도 쉽게 나누어 줄 수 있는 음식, 둘러앉아 무언가를 함께 하는 행위에서부터 삶을 나누고 다음을 도모하는 '우리'라는 단어가 시작된다. 테이블 위의 관계가 우리를 가능성의 문 앞으로 데려간다. 문을 연 곳에 아직 모르는 미래가 있다.

프랑스 작가 제이알(JR)은 미국과 멕시코를 가로지르는 장벽 위에 국경 수비원을 내려다보는 거대한 아이의 이미지 〈자이언트: 키키토〉(2017)를 설치했다. 키키토(Kikito)는 실제로 멕시코와 미국 국경에서 살고 있는 한 살짜리 남자아이의 이름이다. 당시 트럼프 정부는 멕시코인들의 불법 이민을 막기 위해 국경에 영구적인 장벽을 세우겠다고 발표했다. 이 작품은 그에 대한 저항의 표시였다. 제이알은 국경으로 사람들을 모아 피크닉을 벌였고, 미국과 멕시코의 시민들은 순진무구한 표정의 어린 아이가 내려다보는 가운데 장벽을 사이에 두고 음식을 나누었다. 서로 얼굴을 마주 볼 수는 없었지만 웃음소리는 쉽게 벽을 넘었다. 우리는 이제 이렇게 마련한 테이블이 무엇을 의미하는지 안다.

사랑하는 사람에게 이렇게 말한 적이 있다. 네가 밥 먹자고 먼저 이야기하지 않았다면 우리는 사랑은커녕 만날 수도 없었을 거라고. 용기 내줘서 고맙다는 뜻이었다.

밥 먹자는 말은 마음의 문을 여는 열쇠 같은 것이다. 내가 먼저 그런 말을 건넸을 때도 마음을 전하고 싶을 때였다. 다만 마음을 열고 사람을 만나는 일은 낯섦과 부딪힘을 동반하는 사건이어서 종종 두려웠다. 누군가에게 밥 먹자는 말을 건네기를 망설인 것은 새로운 관계의 시작을 망설인 태도였다.

그럼에도 누군가는 먼저 밥 먹자는 말을 꺼냈기 때문에 우리는 마주 앉을 수 있었다. 요즘에는 밥 먹자는 말이 망설여질 때마다 타인이 내게 편안하게 열어준 문과 부러 용기 내준 마음을 기억한다. 그리고 나 역시 또 다른 타인에게 조금 더 쉽게 밥 먹자는 말을 건네본다. 관계를 조금 더 느슨하게 열어두려는 태도다.

물론 밥 먹자는 말은 여전히 아무것도 아니다. 테이블에 마주 앉은 것만으로 대단한 일은 일어나지 않는다. '밥 먹자는 말은 그저 사회생활의 기본'이라던 친구의 조언처럼 밥을 먹고 난 뒤에 눈에 띄는 사건이 벌어지지도 않았다. 다만 눈에 보이지 않는 가능성이 빈 접시와 테이블 위에 남았다.

때로는 마침표를 찍는 의사 표시보다 관계의 물꼬를

트는 행동이 더 넓은 미래로 향하는 문을 연다. 오늘 우리가 마주 앉은 테이블은, 당신과 나 사이에 새로운 형태의 '우리'라는 단어를 만드는 예술이 될지도 모른다. 활짝 열린 가능성이 그곳에 있다.

보이지 않는 사건들

처음에는 아그네스 오벨(Agnes Obel) 탓이라고 생각했다. 사람을 의식의 깊은 바닥까지 끌어내리는 음악도 있으니까. 뱃속에서부터 목구멍까지 뜨거운 무언가가 울컥 올라와서 눈물이 쏟아질 것만 같은 기분은 분명 그날 들은 곡 〈It's Happening Again(Inst.)〉 때문일 거라고 여겼다. 제목부터 꼭 무슨 일이 벌어지기 전의 복선 같지 않은가.

그날 그 곡을 처음 들은 것은 내가 막 '사바아사나'에 돌입했을 즈음이었다. 몸은 이미 완전히 탈진한 상태였다. 사바아사나는 요가의 한 자세로, 산스크리트어로 '사바(Sava)'는 '송장', '아사나(Asana)'는 '자세'라는 뜻이다. 이 자세를 하면 마치 죽은 사람처럼 가만히 누워서 온몸에 힘을 풀기 때문에 의식만 깨어 있는 상태가 된다. 대부분의 요가 프로그램에서는 여러 가지 격한 동작을 모두 마친 뒤 마지막에 이 자세에 들어선다. 불이 꺼졌고 어둠과 함께 처음 듣는 음악이 스튜디오에 깔렸다. 단편적인 장면들이 아무런 서사 없이 머릿속을 스쳐 지나갔다. 갑자기 가슴이 먹먹하고 눈물이 쏟아질 것 같았다. 무슨 일이 벌어진 것인지 알 수 없었다.

그 일은 몇 번에 걸쳐서 '다시 일어났다'. 실마리를 찾기 위해 요가를 하지 않을 때에도 같은 곡을 자주 반복해 들었다. 하지만 애석하게도 같은 감정이 올라오지는 않았다. 오로지 요가를, 그것도 극한까지 버티면서 온몸의 에너지를 소진한 뒤에 사바아사나를 하고 있을 때에만 다시 눈물이 올라왔다. 의문을 가진 지 한 달쯤 되었을까. 그날도 요가를 마치고 누워서 같은 음악을 듣는데, 전처럼 뜨거운 것이 올라올 기미가 보이지 않았다. 비워진 몸과 마음이 평안했다. 이것 또한 이유를 알 수 없었다.

정적으로 보이는 요가는 사실 격렬한 스포츠다. 고요하게 멈추어 있는 것처럼 보이는 동작을 위해 요가 수련자는 자기 자신만 알 수 있는 미세하지만 치열한 움직임으로 고군분투한다. 우리는 정지된 자세로 요가의 이미지를 기억하지만, 흐르는 숨과 에너지가 이미지와 이미지 사이를 메꾼다.

언젠가 한 전시장*에 들어서자마자 정면에 걸린 사진—요가 수련자가 '우르드바 파드마사나(거꾸로 선 연꽃 자세)'를 취하는 순간—을 본 적이 있다. 사진 속에는 거꾸로 몸을 뒤집어 허공을 향해 두 다리를 꼰 부분만 담았지만, 프레임 바깥에서 버티는 몸과 숨이 느껴졌다. 이

* 이민지 개인전 <고스트 모션> 2021. 6. 24~7. 9, 갤러리 조선

어서 안쪽의 영상 작품을 보고서야 작가의 의도를 깨달았다. 영상은 드러머가 연주 사이에 틈틈이 몸을 움직이고 드럼 스틱을 건드리는 동작들이 담겨 있었다.

이민지 작가의 전시 제목이기도 한 〈고스트 모션〉은 드러머가 연주하는 곡의 박자를 맞추기 위해 몸의 일부를 일정하게 움직이는 것으로, 악보에는 표기되지 않은 동작을 의미한다. 요가 수련자가 보이지 않는 숨과 에너지로 자세를 완성하듯이, 드럼 연주도 들리지 않는 소리, 보이지 않는 움직임과 함께 완성된다.

우리는 마치 짧은 장면들을 모아 만든 영화의 도입부처럼 살면서 본 것들을 단절된 이미지로 기억한다. 그러나 사건과 사건 사이에는 미처 지각하지 못한 것들이 흩뿌려져 있다. 우리의 몸은 머리나 마음이 미처 눈치채지 못한 것들까지 모두 기억한다. 자기 자신조차 다 알 수 없는 감각의 영역이다. 몸이 통과한 것들이 모두 몸속에 쌓이며 나를 이루고, 다음 사건으로 이끈다. 우리는 경험 이전으로 돌아갈 수 없다.

정신을 가다듬기 위해서는 의외로 머리보다 몸을 먼저 쓰는 게 나을 때가 있다. 세계적인 퍼포먼스 작가 마리나 아브라모비치(Marina Abramovic)는 그걸 알고 있었다. 그는 정신 에너지에 더 집중하는 작업을 위해 자신의 몸을 먼저 해방시켰다. 바로 퍼포먼스 작품인 '해방 시리즈(1976)'다.

그는 목소리가 다할 때까지 비명을 지르는 〈목소리 해방〉, 머리가 완전히 비워질 때까지 생각나는 단어들을 모두 소리 내어 말하는 〈기억 해방〉, 그리고 마지막으로 신체 에너지를 모두 태우기 위해 6시간 동안 멈추지 않고 격렬하게 춤을 추는 〈신체 해방〉을 시도했다.

이렇게 몸속의 에너지를 모두 발산하고 나서야 그는 몸에 새로운 것을 담을 준비가 되었다고 여겼다. 몸을 매체로 작업하는 퍼포먼스에서, 그의 몸은 이제 막 젯소칠을 끝낸 새하얀 캔버스가 된 것이다. 충격적이고 가학적인 장면을 연출한 초기작을 지나 서로 주고받는 마음의 에너지에 주목한 다음 작업으로 가는 전환점이었다.

내가 안다고 생각하는 것들을 모두 비워내야 마음속에서 가려지고 탈락되고 지워진 것들이 보인다. 그런 것들을 볼 수 있게 되었을 때에 비로소 타인과 세계가 달리 보인다.

어쩌면 그날 사바아사나를 하며 눈물이 차올랐던 것은 요가로 몸의 에너지를 전부 태우고 가만히 누웠을 때 마음속 가장 깊은 바닥을 굴러다니던 감정의 덩어리들을 만났기 때문이 아니었을까. 나는 늘 내 감정을 잘 알고 있다고 생각했다. 해소되지 않은 감정을 끝까지 추적하는 편이었고, 뜨거운 감정에 두 발을 담그기보다 한발 물러서 이해하고 진정시키기에 익숙했기 때문이다. 지난 감정들 역시 그런 방식으로 잘 극복했다고 여겼다.

하지만 아니었다는 것을 곧 깨달았다. 머리로 잘 이해해서 떠나보냈다고 생각한 감정들은 앙금을 남겼고 몸속 어딘가에 차곡차곡 쌓였다. 긴 시간 동안 쌓인 찌꺼기들이 엉겨 붙어 어디서부터 어디까지를 가리키는 건지 알 수 없는 덩어리가 되었다. 이상하게도 몸을 극한까지 몰아붙여 에너지를 비워내고 잡념의 장막을 걷어내자 덩어리들이 수면 위로 올라왔다. 나도 몰랐던 것이 내 안에 있었다. 음악은 그저 촉매였다. 그리고 덩어리들은 몸을 단련하는 사이에 서서히 해소됐다. 아브라모비치가 몸을 해방시킨 것처럼, 다 비워내고서야 다음이 왔다.

아브라모비치에 관한 책을 쓸 때 가능한 한 많은 자료를 찾아보았지만, 다른 시대와 문화권에 사는 작가였기 때문에 어떤 부분은 결국 상상력을 발휘할 수밖에 없었다. 특히 직접 볼 수 없는 작품이 많다는 것이 연구의 발목을 자주 잡았다. 글 쓰는 사람인 나는 퍼포머가 작업하는 마음을 알 길이 없어서, 그저 내 힘이 닿는 데까지 머리로 이해해서 논하는 것이 최선이었다.

책을 쓰고 시간이 흐른 뒤 우연히 그 마음을 엿볼 기회가 생겼다. 퍼포머로서 공연*에 참가하게 된 것이다. 각자 버티던 삶에서 서로를 알아보고 함께 버티는 삶으로 나아간다는 내용의 소규모 퍼포먼스였다. 늘 책상에 앉아서 엉덩이 힘으로 버티던 내게 몇 시간씩 몸의 에너지를 쓰며 연습하는 건 그 자체가 도전이었다.

공연이 시작되기 전, 관객은 일대일로 퍼포머를 지정받는다. 이윽고 어두운 공간에 낮은 조도의 조명이 켜지면, 퍼포머들은 각자 삶을 버티는 모습을 표현한 동작을 반복한다. 관객은 지정된 퍼포머 곁에 찾아가 그의 동작을 따라 한다. 누군가가 버텨내는 삶을 아주 가까이서 지켜보고 함께 수행하는 과정이다.

수없는 연습과 리허설 끝에 마침내 공연 날이 왔다. 내가 해야 할 동작은 두 손과 두 발을 땅에 맞대고 기어가는 자세로 무릎을 띄우는 테이블 자세였다. 마음속으로 30초 이상을 세며 버티고, 천천히 일어나 벽에 몸을 기대며 쉬었다. 몇 번을 반복하는 동안 나를 따라 하는 움직임을 느꼈다. 숨소리와 옷이 바스락거리는 소리까지 느낄 정도로 가까운 곳에 전혀 모르는 타인이 있었다. 저마다 다른 숨소리, 다른 흔들림, 다른 인내심을 가지고 있었다. 회차를 거듭하며 다른 사람을 만날 때마다 우리 사이에는 다른 사건이 벌어졌다.

---

* 제3회 영등포 네트워크 예술제 <느리게> 2021. 10. 2~10. 6, 문래 창작촌

퍼포먼스는 퍼포머와 관객 사이에 벌어지는 하나의 사건이다. 작가가 지금 이곳에서 실제 현장을 만들고 관객은 하나의 경험을 함께한다. 사건 속에서 드러나는 관객의 반응은, 그것이 작가가 의도한 것이든 아니든 간에 다시 작가에게 돌아오며 새로운 사건을 만든다. 이렇게 서로 공을 주고받으며 사건을 확장시키고 경험을 함께 나누는 것이 퍼포먼스다.

퍼포먼스는 일순간 나타났다 사라지는 사건이지만, 그것을 경험한 관객은 이전과 다르다. 퍼포먼스 작품이 끝난 뒤에도 이미 경험한 예술의 의미는 관객의 몸에 살아 있다. 관객은 그것으로부터 각자의 삶에 변화를 만든다. 전시장을 떠난 후에도 퍼포먼스는 지속된다. 그래서 나는 퍼포먼스가 지금 여기서 벌어지는 예술이라기보다, 지금 여기에 함께 서서 내일을 바라보는 예술이라고 말하고 싶다.

처음으로 관객이 아닌 퍼포머가 되어 공연하며, 아브라모비치의 〈바다가 보이는 집〉(2002)*을 떠올렸다. 작가는 전시장 안에 3개의 방을 마련해 둔 채, 매일 7시간 자고 3번 샤워하며 12일 동안 생활했다. 그동안 먹을 수도 없고

---

* Marina Abramovic <The House with the Ocean View> 2002. 11. 15 ~12. 21, Sean Kelly Gallery (New York)

말하거나 글을 쓸 수도 없었다. 그 방 안에 있는 것 자체가 고행이었다. 그런데 이 이상한 생활을 관찰하는 관객이 하나둘씩 늘어났다. 시간이 지날수록 점점 많은 사람들이 갤러리에 찾아와 고요하게 그를 바라보았다.

몇 년 전 책을 쓰는 동안 나는 아브라모비치의 '바다'가 무엇을 의미하는지 꽤 오래 고민했다. 뉴욕에서 직접 퍼포먼스를 본 것이 아니었기 때문이다. 자료를 수없이 다시 들여다보고 상상을 더한 끝에 '바다'는 '관객'이었을 것이라는 결론에 이르렀다. 그가 생활했던 집은 관객을 향해 뚫려 있었으니까. 아브라모비치는 자신을 바라보는 관객의 에너지를 양분 삼아 고된 수행을 버텨낸 것이라고 생각했다. 그러나 여전히 내게 '바다'는 글자일 뿐이었다.

직접 공연을 하면서 비로소 내가 쓴 '바다'라는 것이 어떻게 생겼는지 실제로 엿볼 수 있었다. 글자에 담긴 추상적 의미를 마침내 손으로 더듬는 강렬한 경험이었다.

> "눈에 보이지는 않지만, 관객이 만든 에너지가 모여 빈 공간을 메운다. 마리나와 관객 사이에는 서로를 향한 에너지가 넘실거리는 바다가 있었다. 이것은 너와 나를 가르는 바다가 아니라 물결을 통해 에너지의 파동을 전달하며 서로를 연결하는 거대

한 바다였다."*

내 몸에 쌓이고 있어도 아주 나중에 깨닫는 것들이 있다. 보이지 않아도 내 몸이 가진 에너지를 느끼는 것처럼, 우리의 몸이 함께 있을 때 서로 전할 수 있는 에너지가 있다. 눈꼬리와 입꼬리의 작은 움직임, 시선의 방향, 눈빛, 목소리의 높낮이, 호흡의 속도, 어떤 행위를 하는 태도, 거기서 느껴지는 힘, 말이나 글보다 강력한 것들. 그래서 때로 우리는 눈앞에 있는 사람의 존재만으로 오늘을 버틴다.

아브라모비치가 뉴욕현대미술관에서 열었던 퍼포먼스 〈예술가가 여기 있다〉(2010)**는 단지 마주 앉은 사람의 눈을 바라봐 주는 것이 전부였다. 퍼포머와 관객 사이에는 아무것도 없었다. 그저 눈빛뿐이었다. 그러나 많은 관객이 그 자리에서, 혹은 돌아 나오며 울어버렸다고 한다. 가끔은 그런 보이지 않는 것이 삶을 울리고 사람을 울게 한다. 그러나 다행히도 울고 난 몸은 이전과 다르다. 무엇이든 경험한 몸은 오로지 미래 앞에 놓인다.

---

* 김지연 『마리나의 눈』, 그레파이트온핑크, 2020, p.128

** Marina Abramovic <The Artist is Present> 2010. 5. 14~5. 31, MoMA (New York)

재능의 집

구불구불 이어지는 나무의 결을 따라 걸었다. 외딴 산속에 있는 작은 미술관이었다. 하얀 벽과 직사각형 공간을 가진 전형적인 화이트 큐브는 기다란 나무 조각을 연결해 만든 구조물로 꽉 차 있었다. 공간을 휘어잡는 작품 속을 걷자 마치 다른 차원으로 빨려 들어가는 것만 같았다. 작품은 공간을 재편하며 시간도 함께 뒤틀었다.*

돌이켜보면 공부는 기예를 연마하는 것과 비슷한 구석이 있었다. 어린 나는 곡예사가 더 난도 높은 동작을 시도하듯, 점점 더 어려운 것들을 읽고 풀었다. 부모님과 선생님의 동그란 눈과 기쁨에 차서 올라간 두 볼을 보면 기립 박수를 받는 공중 곡예사라도 된 듯한 쾌감을 느꼈다. 게임을 클리어하듯 하나씩 성취하는 기분, 그때마다 주어지는 상찬은 중독적이었다.

하지만 마약처럼 위험한 것을 권한 사람들이 끊는 방법은 가르쳐주지 않듯이, 공중에서 돌다 떨어져 바닥에 내동댕이쳐지거나 더 이상 성취할 수 없어 상찬의 쾌감이 끝났을 때 어떻게 해야 하는지는 아무도 알려주지 않았

* 천대광 개인전 <Frame - 틀 없는 틀> 2021. 11. 13~2022. 2. 27, 닻 미술관

다. 성인이 된 후의 공부는 재능만으로 해낼 수 없었고, 줄에서 떨어진 나는 일어서는 방법을 몰라 오랫동안 바닥을 굴러다녔다.

예술가는 재능이 전부인 직업으로 여겨진다. 그러나 예술가의 삶 중 상당한 부분은 작업이 아닌 일들로 채워진다. 창작 지원금이나 레지던시 등 각종 공모 지원서를 쓰고 전시 예산을 짜고 정산하는 일, 작품 설치와 철수, 홍보와 행사 참여, 생계유지를 위한 다른 직업 활동까지. 작가들은 재능이 모자라 고통받기보다는, 재능과 상관없는 일에 너무 많은 시간을 쏟아야 해서 더 고통받는다. 슬프게도 대부분의 직업은 재능만으로 해낼 수 없다. 어떤 날은 둘러앉아 찰스 부코스키(Charles Bukowski)의 책 제목을 빌어 '망할 놈의 예술을 한답시고' 여기서 뭐 하는 건지 모르겠다며 한탄한다.

천재라면 조금 나을까. 발레리노 세르게이 폴루닌(Sergei Polunin)의 일대기를 그린 영화 〈댄서〉(2017)에서, 그는 타고난 재능과 수없는 연습으로 빠르게 정상으로 향했다. 무려 19살에 영국 로열 발레단 수석 무용수가 되었지만, 얼마 되지 않아 리허설에 불참하거나 마약을 복용한 채 무대에 오르는 등 스캔들의 중심에 섰다.

커다란 재능은 저 혼자 살아 숨 쉬는 생물과 같아서 처음에는 노력 없이도 쉽게 멋진 것을 만들어 내지만, 그것을 통제할 힘을 기르지 못하면 언젠간 위기에 처한다. 날것의 재능은 곧바로 사용할 수 있는 완성품이 아니라 연마하지 않은 광물 파편에 가깝다. 잠깐 반짝하는 혜성이 되지 않고 일생을 거쳐 빛을 내기 위해서는 자기 안의 재능을 길들이고, 다른 조각들을 이리저리 이어 붙여야 한다. 노력과 좋아하는 마음, 순간의 판단과 선택, 넘어져도 다시 일어나 지속하는 끈기는 좋은 접착제다. 그리고 이 작업에는 재능과 세상을 이어 붙여 직업으로 안착시키는 과정도 포함된다. 이 모든 것을 합쳐 재능이라고 불러야 할지도 모르겠다.

무라카미 하루키(Murakami Haruki)는 작업이 잘되는 이른 아침을 사수하기 위해서 무조건 밤 10시 전에 잠든다고 한다. 아침 5시 전에 일어나 작업부터 한 뒤에 남는 시간에 달리기를 하거나 재즈를 듣는다는 것이다. 물론 하루키 정도 되는 작가라면 빠르게 메일 회신을 하고 여기저기 시간 맞춰 미팅을 다니느라 동동거릴 리 없다. 또한 인세만으로 생계가 보장되니 자잘한 마감을 하느라 작업 루틴이 깨지는 일도 없을 것이다. 그래서 이건 하루키만 가능한 루틴이라고 친구들과 자조적인 농담을 하기도 했다. 그러나 하루키라고 해서 아무런 어려움도 없을까? 제아무리 대문호라도 건강한 일상을 지속하는 데에는 노력이 필요하다.

한편 『프리랜서』(워크룸프레스, 2022)에서는 프리랜서의 3대 덕목인 실력, 사교성, 마감 중 으뜸은 '마감'이라고 강조한다. 경쟁자가 수두룩한 업계에서 초보자의 실력은 눈에 띄지 않으며, 아직 검증되지 않은 자에게 사교성은 쓸모가 없다는 것이다. 일의 사이즈를 가늠하고 제때 해내며, 업계의 표준을 익히고 타인과 협업하는 태도를 갖추기까지는 거듭된 마감의 경험이 필수적이다. 그것을 갖춰낸 사람에게 비로소 진짜 실력을 보여줄 기회가 주어진다.

실력자의 모범적인 케이스를 목격한 적이 있다. 전시 오픈이 한 달 이상 남았는데도 작품 준비를 거의 다 마친 작가를 만난 것이다. 평소에 전시 서문을 쓰기 위해 작가들의 작업실에 자주 방문하지만, 확실히 매우 보기 드문 광경이었다. 그는 놀라는 내게 이렇게 여유를 두어야 만약의 경우가 벌어져도 수습할 시간이 있기 때문이라고 말했다. 자신 있게 미팅 날짜를 일찍 잡고, 내게 글을 쓸 시간을 넉넉하게 준 이유를 알 수 있었다. 작품의 보관과 배송을 고려하면서 직접 나무 박스까지 짜는 그를 보며, 나는 폭풍이 몰아쳐도 거뜬하도록 튼튼하게 지은 집의 안정감을 떠올렸다.

재능도 머물 수 있는 집이 필요하다. 커다란 재능이 멋대로 삶을 휘두르게 두면 재능도 삶도 금세 망가지고 만다. 날것의 광물을 보석으로 만들기 위해서는 시간과 노력, 도구와 기술이 필요하다. 재능을 방해하는 불순물이 나오거나 연마에 실패하면 가진 빛을 다 내지 못하고 끝날 수도 있다. 신은 있는 그대로 살아지는 완벽한 삶을 손에 쥐여주지 않는다. 가장 효과적으로 작업할 수 있는 환경과 일상을 단단하게 꾸리는 루틴을 만들고, 작품 판매와 창작 지원금, 또는 다른 직업 활동을 통해 작업을 지속할 수 있는 자원을 마련하며, 함께 일하는 사람들과 원활하게 소통하는 것은 모두 재능의 집을 짓는 일이다.

자신만의 이유를 찾아 스스로에게 가장 잘 맞는 방법으로 튼튼한 집을 지어낸 사람들, 그리고 미래에 시선을 두며 현재의 집을 끊임없이 가꾸는 예술가들의 삶에는 단정한 빛이 있다. 재능만으로 삶에 화려한 불을 댕길 수는 있지만, 그 빛이 밝히는 시간은 너무 짧아 허무하다. 예술을 하는 삶이 특별할 것이라는 환상을 가지면 오히려 지속하기 어렵다. 재능을 삶의 평범한 능력 중 하나로 담담히 받아들이고, 작업을 직업으로 여길 때 더 멀리 나아갈 수 있다. 그래서 삶의 끝에 커다란 족적을 남긴 예술가들이 지어낸 집에는 오랫동안 여운이 남는 진한 빛이 배어 난다.

다시 영화 〈댄서〉로 돌아와 본다. 더는 위로 올라갈 곳이 없어진 폴루닌은 춤추는 이유를 찾지 못해 방황하다가 결국 은퇴 무대를 기획한다. 발레가 아닌 창작 안무를 준비한 마지막 무대에서 그는 마음을 다해 춤을 춘 뒤 비로소 춤을 출 이유를 찾아낸다. 이유는 타고난 재능이나 드높은 명예가 아니라, 춤을 춰야만 살아 있다고 느낄 수 있는 자신의 마음속에 있었다. 그는 다시 무대로 돌아왔고, 백조가 되어 날아오른다. (물론 그는 여전히 문제아지만 여기서는 논외로 한다.)

나 역시 예술을 업으로 삼기에 타고난 재능이 부족한 게 아닌지 의심한 적도 있었다. 하지만 지금은, 내 원고가 세상에 나올 때까지 거치는 수많은 과정을 이해하는 능력과 거기에 관여하는 이들에게 감사하며 발맞추어 일하는 책임감, 원고 너머의 독자를 상상하는 마음, 아주 조금만 더 밀어붙여서 마감을 지키고 몸을 일으켜 전시를 보는 일상, 그리고 지쳐서 도무지 아무것도 할 수 없는 날에도 다시 쓰는 용기 같은 것들이 나의 재능이라고 믿는다. 언젠가 글을 쓰던 늦은 새벽, 살아 있다고 느낀 감각은 그렇게 지은 집으로부터 비롯되었을 테다.

각자 가진 재능의 모양과 환경은 서로 달라서 누군가 지어놓은 곳에서는 살 수 없다. 어디에 도착하든 자기만의 집을 지어야 한다. 그날 산속의 작은 미술관에서 만난 천대광 작가의 작품은 틀에 박힌 화이트 큐브의 모양을 뒤틀어 자기만의 질서로 공간을 재편하고 있었다. 그가 지은 집처럼, 삶의 변화에 따라 새로운 공간을 증축하고 때때로 비바람에 무너진 곳을 수리해 가며 보기 드문 집을 지어낸 이들을 떠올렸다. 이내 갈림길을 만났지만, 망설이지 않고 나의 시선이 닿는 방향으로 걸었다.

3부

바다를 건너는 용기

이상한 사랑의 방식

사랑을 생각할 때, 나는 식은 김밥과 납작한 치약을 떠올린다.

동생과 함께 살던 시절, 욕실에는 늘 치약이 두 개였다. 내 것은 세면대 앞, 동생 것은 샤워 부스 안. 나는 동생의 치약이 얼마 남지 않았다 싶으면 슬쩍 새것으로 바꿔두곤 했다. 짜는 데에 시간이 더 걸리는 납작한 치약은 내 몫이었다.

좀 이상하지만, 나는 동생이 이른 아침에 씻으려다가 치약이 떨어져 곤란해진 순간을 상상했다. 샤워 부스에서 다시 나와 수납장에서 치약을 찾는데, 잘 안 보여서 짜증이 난다거나, 몇 분 차이로 출근이 늦어질까 초조한 마음 같은 것 말이다. 아침 일찍 집을 나서고, 하루가 멀다 하고 회식과 야근으로 늦게 들어오는 그의 하루를 전부 알지 못한다. 그러나 아침의 조급함은 나도 조금 아니까. 가능하다면 1분이라도 그의 아침에서 평화를 지켜주고 싶었다. 그로 인해 외로움까지 메워진다면 더 좋고. 그가 알고 있었을까 싶지만 영원히 모른다 해도 상관없다.

내게 치약을 바꿔주는 마음이 있다면 엄마에게는 김밥을 싸는 마음이 있다. 많은 글을 엄마의 김밥을 먹으며 썼다. 작업량이 많고 마감이 급할 때면 나는 집에 있어도 집에 없는 사람이다. 흐름이 끊기면 다시 이어 붙이기 어렵기 때문에 방 밖으로 한 발짝도 나오질 않는다. 엄마와 같이 살아도 시간을 맞추어 밥 먹는 일은 흔치 않다.

퇴직 후에 나와 다시 같이 살게 된 엄마는 10여 년 만에 가까이서 보는 딸의 일과를 의아하게 여겼다. 그는 무려 33년을 공무원으로 일하며 규칙적인 일과를 보내왔기 때문에 왜 남들처럼 평범하게 9시부터 6시까지 일하지 않느냐고 나를 채근하곤 했다. 하지만 매일 밤 내 방문 아래로 희미하게 새어 나오는 빛을 보고 난 뒤, 그는 더 이상 내게 아침 일찍 일어나라거나 밥때를 맞추라고 재촉하지 않는다.

평범함은 생각보다 드물고 귀하다. 자식이 평범한 '정상 궤도'의 삶을 살길 원하는 부모님의 마음에 그럴만한 이유가 있다는 걸 안다.

한때 나의 평범한 삶을 바라기도 했던 엄마는 이제 딸에게 중요한 것이 무엇인지 이해한다. 그러다 어느 날 지켜보는 마음이 쪼그라들면 그저 김밥을 싼다. 따뜻할 때 먹어야 한다는 말을 입에 달고 살던 사람이지만 재촉하며 권하지 않는다. 딸이 자기 색으로 원하는 때에 꽃피도록 기다리는 것이다. 작업을 일단락하고 부엌에 서서 다 식은 김밥을 입에 넣으며, 치약을 바꾸는 마음이 자라면 김밥을 싸는 마음이 되는 걸까, 생각했다.

사실 우리는 모두 이상하게 산다. 서로 다른 욕망과 질서를 지니고 한 사람 몫을 살아낸다. 살면서 온전히 이해할 수 있는 것은 자신의 삶뿐이지만 때로는 그조차 불가능하다. 누군가를 사랑한다는 것은 그의 질서를 이해하려고 노력하는 것, 그래서 전형적인 '좋음' 대신 그에게 맞는 '이상함'을 건네는 과정이다. 적어도 나의 세계에서만큼은 그의 존재가 있는 그대로 특별하게 빛나도록 만드는 방법이다.

누군가를 발견하는 건 혈연이나 운명으로 정해진 일이 아니다. 과거로부터 현재를 거쳐 미래로 향하는 과정에서 쌓아온 그 사람만의 결을 알게 되면 그를 바라보는 시선이 깊어진다. 한 사람이 존재하는 맥락을 이해하고 사랑하게 될 때, 낯선 타인은 의미가 된다. 서로를 발견하며 이해하고 이해받을 수 있다면 어떤 누구도 가족만큼 중요한 사람이 될 수 있을 테다.

영화 〈그렇게 아버지가 된다〉(2013)에서 료타는 지금까지 키워온 케이타가 자신의 아이가 아니라는 사실을 알게 된다. 아이가 바뀐 것이다. 그는 피를 나눈 아들인 류세이를 처음 만났는데도 자신과 닮은 점을 발견하고 놀란다. 낯설지만 가까워지고 싶은 마음이 피어나고, 료타는 류세이라는 아이를 발견해 보기로 한다. 한편 료타는 자기 핏줄이 아니더라도 여전히 케이타를 사랑하고 있었다. 바쁜 아빠가 늘 그리워서, 곤히 잠든 아빠의 발치를 카메라에 담아온 그 아이를. 아이가 바뀌었고 무언가 잃었다고 생각했지만, 오히려 사랑은 두 배로 늘어났다.

한 사람을 완벽하게 알 수 없을지라도, 그를 눈에 담는 것으로부터 사랑이 시작된다. 그렇다면 사람처럼 알 수 없는 작품을 만났을 때는 어떻게 해야 할까. 내가 어떻게 쓰기 시작하는지 떠올려 본다. 서둘러 이론과 계보의 흔적을 찾기보다는 작품을 더 오래 바라본다. 우리 사이에 확실한 것은 서로 모른다는 것뿐이다. 한 사람에게 그만의 존재 방식이 있듯이 누군가 만들어 낸 세계에는 어떻게든 서사가 있다. 잘 모르는 것에 관해 쓸 때 언제나 그 사실을 기억한다.

알려는 마음이 앞서 대상에게 바짝 다가가면 오히려 눈앞이 흐려진다. 한발 물러서 여유를 둔 채 눈에 띄는 것부터 읽어본다. '이 작품의 모서리는 의외로 둥글다.' 이렇게 명확하게 보이는 것부터 시작했을 때 비로소 제대로 알 수 있는 진실이 있다. 그렇게 틈을 벌려 만든 장소에는 아직 알 수 없지만 선명한 작품과 그것을 바라보는 선명한 나, 그 사이의 사랑이 있다. 알 수 있는 것과 없는 것 사이의 확률은 쓸모없는 계산이다. 계산할 시간에 알고 싶은 쪽으로 조금 더 눈을 돌린다. 사람과의 관계처럼 작품도 처음 보는 듯 바라보고 여전히 모른다는 듯 기다릴 때 오히려 원하는 장면을 만날 수 있다.

구태의연한 태도와 전형적인 관계의 틀에 얽매이지 않고, 있는 그대로의 상대를 발견하려고 할 때 유일하고 특별한 관계가 시작된다. 각자의 존재를 선명하게 여겨준다면 사랑에 문법은 필요치 않다. 치약을 바꾸어 주고 김밥을 싸는 일은 아무것도 아니지만 유일한 관계 안에서는 사랑의 언어가 된다. 네가 겪은 하루를 전부 알 수 없지만 어렴풋이나마 상상해 봄으로써, 나는 너를 조금 더 알고 싶다고. 서로의 이상함을 발견할수록 우리는 덜 외로워진다. 사랑을 '이해'라는 단어로 설명할 수 있다면, '이해한다', '이해했다'처럼 현재형이나 과거형이 아닌, '이해해 보려 한다'. '이해하고 싶다'라고 쓰는 미래형일 것이다.

친구들은 나보고 너무 사랑으로 쓴다고, 그만 좀 사랑하라고 놀리지만, 사실 나는 사랑에 빠른 사람이라기보다는, 한발 물러서 잘 보는 사람, 지구력 있게 궁금해하는 사람, 보이는 것을 외면하지 못하는 사람에 가깝다.

사람을 가까이 들여다보고 사정을 알면 미워하기 어려워진다. 침묵 속에도 사랑이 있고 모난 행동 뒤에는 오히려 여린 마음이 있다. 사람뿐일까. 현장에서 쓰다 보면 멀리서는 눈에 띄지 않는 작품의 장점과 작가의 작은 재간이 보이고, 전시 뒤의 이야기가 보인다. 사사로운 것들을 많이 알면 알수록 작품을 이미지로만 보기 어려워진다. 하지만 나는 또 그런 것들을 아낀다.

그러면 작품의 단점은 어떻게 하느냐는 물음이 남는다. 하지만 자기 작업을 누구보다 잘 아는 건 작가 자신이다. 단점 또한 누구보다 본인이 가장 잘 안다. 느리더라도 스스로 발견하는 것이 좋은 방법이다. 사람도 잠자코 기다리면 때가 되어 스스로 변화하곤 한다. 그러니 보이는 것만으로 작품을 단정 짓고 재빨리 밀어내기보다 시간을 갖고 지켜보아야 한다. 작은 단점은 대체로 시간이 지나면 사라진다. 이것 또한 사람이 하는 일이라, 아끼는 시선으로 장점을 자꾸 발견해 주면 더 좋아지게 마련이다. 그런 기다림과 격려는 곁에 있는 사람의 몫이다.

료타가 케이타와 류세이라는 아이를 둘이나 갖게 된 것처럼, 발견하고 사랑하는 일은 확장하는 과정이다. 이해가 오고 가는 틈에서 우리는 이쪽에도 저쪽에도 존재하게 되며, 각자의 모나고 이상한 세계는 함께 공유하는 재미있고 풍부한 세계가 된다. 이상한 나를 있는 그대로 받아들여 주는 사람의 숫자가 늘어날수록, 내가 존재하는 세계도 넓어진다. 반대로 다른 삶의 맥락을 유연하게 받아들이고 이해할 때 내 안의 세계 역시 넓어진다.

비평의 쓸모란 무얼까. 하나의 답을 구할 수 없는 질문이다. 다만 나는 작품의 결에서 특별한 점을 찾아내고 서사를 이어 세상과 연결해 내고 그리하여 관객 앞에 이미지의 자리를 지어주는 것, 때로는 이미지 뒤에 숨은 작가의 한숨까지 돌아보는 일이 내가 쓰려는 글의 쓸모라고 여긴다. 사랑하는 사람들처럼 작품 역시 더 넓게 멀리, 오랫동안 자기 색으로 선명하게 존재했으면 좋겠다. 내 작은 마음을 보태서 당신의 세계가 한 뼘 더 넓어지길. 이것이 조금 이상한 사랑의 방식이더라도.

그러고 보면 사랑만큼 이상할수록 좋은 것이 없다. 아직도 모르는 작품과 사람에 대해서는 또 이렇게 시작해 보기로 한다.

"당신은 이렇게 이상한 방식으로 존재하는군요. 제가 지금부터 그 이상함을 한번 사랑해 볼게요."

나의 캐비닛을 열면

"그래서 미술관과 갤러리의 차이가 뭐야?"

마주 앉은 그는 질문을 너무 좋아한다. 그날 주제는 갤러리였다.

"미술관은 기관이야. 일정량의 소장품과 그걸 연구하고 관리하는 학예사가 꼭 있어야 해. 갤러리는 누구나 열 수 있고. 옛날에 이탈리아 귀족들이 집에 오는 손님에게 자기 수집품을 자랑하려고 긴 회랑에 전시해 뒀거든. '갈레리아(Galleria)'라고 부르는데 그게 갤러리의 어원이야. 당시에는 미술품도 그렇고, 멀리 여행 가서 가져온 신기한 물건들이 부와 권력의 상징이었어. 독일의 '분더카머(Wunderkammer)', 프랑스의 '까비네 드 큐리오지테(Cabinet of curiosities)'가 다 비슷한 건데, '호기심의 방'이라는 뜻이야. 그리고 '까비네'는 우리가 자주 쓰는 '캐비닛'이랑 같은 단어고."

갤러리에서 시작한 질문은 꼬리에 꼬리를 물었고, 그날 대화는 결국 목적을 잃었다. 그렇지만 덕분에 미술사 시간에 배운 캐비닛을 오랜만에 떠올렸다.

누군가가 물건을 선별하고 캐비닛에 모아둔 것을 보

면 취향과 기준이 뚜렷하게 보인다. 수집하기 위해 들인 시간과 과정 또한 고스란히 드러난다. 의미와 맥락이 흐르는 캐비닛 안에서는 사소한 물건도 특별한 보물이 된다. 그래서 누군가의 캐비닛은 역사적 자료로서 보존되기도 하고, 그 자체로 미술관이나 박물관이 되기도 한다.

얼마 전에 본 전시*의 주제가 마침 '캐비닛'이었다. 작품의 옆에 놓인 작은 캐비닛에는 작가마다 소중히 여기는 것이 들어 있었다. 자신의 뿌리를 이루는 가족의 사진, 시리즈 조각을 시작할 때 가장 처음 만들어 본 프로토타입, 무려 7년을 사용해서 다 닳아버린 붓 한 자루. 겉보기에는 아주 사소하지만 특별한 의미와 맥락이 담긴 저마다의 보물이었다. 캐비닛의 문을 열 때마다 한 사람의 작은 우주를 은밀하게 들여다보는 것 같았다.

전시장 한쪽의 좀 더 커다란 캐비닛에는, 작업에 쓰인 컬러칩이나 도구, 영감이 된 빈티지 소품, 매일의 작업 과정을 기록한 사진 등 작가들이 오늘에 다다르기 위해 엎치락뒤치락하며 지나온 시간을 상징하는 물건들이 들어 있었다. 작가들에게는 캐비닛 밖에 걸린 작품도 소중하지만, 그 작품들을 탄생시킨 자신만의 세계가 무엇보다 더 소중하지 않을까 생각했다. 그리고 이 작품들 또한 언젠

* <DEAR CABINET> 2023. 11. 24~12. 29, 서정아트 서울

가 타인의 캐비닛에 수집되어 누군가의 소중한 조각이 되리라 생각하니 어쩐지 뭉클했다. 소중함이 다시 소중함으로 연결되는 이야기는 별자리가 이어지듯 빛났다.

전시를 보며 내게 소중한 것을 생각하다가, 아직 더위가 가시지 않은 어느 초가을날이 떠올랐다. 이른 점심을 먹고 나와서 전시를 8개째 보고 있었다. 너무 피곤한 나머지 평소답지 않게 진하고 단 커피를 마시며, 곧장 지하철역에 가는 거리와 전시장을 하나 더 들르면 걷게 되는 거리를 비교했다. 그래봤자 200미터 차이였다. 꼭 가야만 하는 건 아니지만, 개인적으로 보고 싶은 전시였고 하필이면 마지막 날이었다. 하지만 머리와 마음에 무언가를 더 볼 여력이 남아 있지 않았다.

나는 결국 강요배 작가의 그림 앞에 도착했다. 오랫동안 민중 미술을 작업하던 그는 나이 들어 제주에 정착했고, 자연 풍경을 그리기 시작했다. 제주 바람이 느껴지는 그림들 앞에서 무슨 일인지 왈칵 눈물이 났다. 오래 지속함으로써 더욱 단순하고 깊어진 내공은 타인의 이야기를 받아들일 여력이 없는 내 마음에도 고스란히 느껴졌다. 그가 바라본 풍경이 첫눈처럼 내려와 마음에 소복이 쌓였다. 아아, 그랬지, 이런 마음이었지. 나는 바다 앞에서 우는 마음이 되어 그림의 안도 밖도 아닌 곳에서 한참을 서

성였다.

서성이다 닿은 곳은 오래 전의 어느 날, 사랑의 순간이었다. 애써 뛰진 않았지만 사실 마음은 이미 달리고 있었고, 발이 바닥을 번갈아 디딜 때마다 내 주머니에서 단어들이 우수수 떨어졌다. 너에게 주고 싶어 매일 모아두었던 수많은 단어들이. 그리하여 네 앞에 도착했을 때 주머니에는 아무 단어도 남지 않았고, 나는 숨을 몰아쉬고 얼굴을 붉히며 네 얼굴을 바라볼 뿐이었다. 빠르게 뛰는 심장은 여전히 아무 단어도 만들어 내질 못했고, 머릿속은 새하얘졌다. 목구멍에서는 단어 대신 뭔가 뜨거운 것이 올라왔다. 머리 위로 첫눈이 내렸다.

사랑이 지나간 뒤에도 오래도록 남는 것은 말이나 활자가 아니라 그 시간 동안 맨얼굴로 맞이한 마음이다. 달리며 얼굴에 맞은 바람, 두 볼이 달아오르는 느낌, 말 대신 올라오던 뜨거운 무엇, 아무 말도 하지 않았는데 서로를 아는 눈빛 같은 것들. 지금 당장 눈앞의 시간에 이름을 붙이기 위해서 '좋아한다'와 '좋아하지 않는다' 사이를 넘나들지만, 겨우 그런 말로는 어떤 시간도 규정지을 수 없다.

일도 사랑과 비슷한 데가 있어서 좋다, 싫다로 구분 짓기 어렵다. 첫사랑 같은 마음으로 시작한 좋아하는 일이라도 직업으로 삼으면 필연적으로 싫어지는 순간을 맞이

한다. 하루에 대여섯 개도 넘는 전시를 보는 건 내게 흔한 일이다. 여유롭게 보다가는 하루해가 금방 저물고, 나는 집에 남겨둔 원고 작업이 있기에 촉촉한 감상에 젖어들 시간이 없다. 정신을 바짝 차리고 전시의 의미와 개념, 연출 방법, 처음 발견한 작가의 특징, 원래 알던 작가의 바뀐 점 등을 빠르게 훑고 다음 전시장으로 넘어간다. 전시는 끝없이 열리고 서로 다른 일정과 전시장 오픈 시간을 챙기려면 효율적인 동선과 시간 관리가 중요하다.

그러다 과부하가 걸리면 작품이 아름다움이 아닌 정보로 느껴진다. 우선순위가 뒤바뀌는 순간이다. 좋아하는 일을 생업으로 삼은 사람들이라면 누구나 알고 있는 바로 그 순간. 좋아하던 것이 싫어지는 마음은, 원래 싫은 걸 계속 싫어하는 것보다 배로 슬프다.

슬프지 않기 위해서는 때때로 비효율이 필요하다. 한번은 파주까지 전시를 보러 갔는데 휴관일을 잘못 알아 허탕을 쳤고, 전시 마지막 날에 기어이 다시 찾아갔다. 마침 비가 왔고, 물감을 두텁게 쌓아 사람의 몸과 식물을 그린 그림들은 날씨와 잘 어울렸다. 짧은 순간 메마른 마음이 촉촉하게 부풀어 올랐다. 또 어떤 전시는 낮에 보고 저녁에 다시 찾아간 적이 있다. 해 질 무렵 그림에 드리우는 빛이 작가가 작업실에서 보던 빛과 같다는 이야기를 들었기 때문이다. 그림 앞에서 나는 작가의 내부로 조금 더 가까이 다가간 것 같았다.

이렇게 냉탕과 온탕을 오가며 일하는 과정 중에도 온전히 그림과 만나는 순간이 있다. 일하는 중에 맞이하는 일이 아닌 순간들, 무용하기 때문에 더 아름다운 순간들이다. 어쩌면 이 또한 맨얼굴로 맞이한 사랑의 마음 같은 것이 아닐까. 만약 내게도 캐비닛이 있다면, 완성된 글이나 책보다는 생생한 과정과 벅찬 순간들이 차곡차곡 모여 있겠지.

지난번 전시에서 본 작은 캐비닛에, 작가들이 아주 사소한 물건을 담아둔 이유를 알 것 같다. 구분 짓기 어려운 마음을 가지고도 지속하는 건 '싫어한다'보다 '좋아한다' 쪽으로 기우는 마음의 방향 때문이다. 작가들이 캐비닛에 담은 것 또한 마음이 기우는 쪽으로 무게를 더해온 시간의 파편들이다. 아끼는 것들을 모아 보면 무언가를 깊이 사랑하는 얼굴이 드러난다. 우리는 그런 얼굴로 그림을 그리고 글을 쓴다.

마주 앉은 사람의 얼굴을 다시 보았다. 나는 아무래도 쏟아지는 질문은 좋아하지 않아서 이제 질문 좀 그만하라며 면박을 줬다. 하지만 '좋아한다'와 '싫어한다'는 뒤섞여 있다. 시간이 흐르고 과정을 겪어야 의미가 드러난다. 언젠가 오늘을 돌아보았을 때, 나는 싫었던 질문의 꼬리를 기억하게 될까, 아니면 당황하며 멋쩍게 웃는 그의 얼굴에 햇살이 밝게 드리우던 장면을 기억하게 될까. 우리 사이의 캐비닛에 무엇이 담길지는 아직 모른다. 하지만 다시 열어보았을 때 또렷한 맥락이 보이면 좋겠다고 생각하며, 남은 커피를 마셨다.

함께 바다를 건너는 일

일하다가 함께 학교에 다닌 친구를 마주칠 때만큼 웃기는 상황이 없다. 얘가 어렸을 때 어땠는지 다 아는데 이렇게 멀끔한 척 사회에서 제 몫을 하고 있는 모습이라니. 아마 나를 보는 다른 친구들의 마음도 비슷하겠지.

대학 시절 같이 조교실에서 일했던 후배 하나도 지금 멀끔하게 박물관에서 일하고 있다. 자주 서툴렀지만, 밥을 사주면 너무 맛있게 먹어서 미워할 수 없던 애랄까. 이 친구가 일하는 박물관에 가면 반강제로 전관 도슨트를 들어야 한다. 지난번에는 자기가 힘들여 구해온 소장품을 엄청 자랑했다. "누나, 제가 이걸 사 올 때 어땠냐면요."부터 시작해서, "아, 이 영상은 꼭 보셔야 돼요. 제 손이 나오거든요."까지. 말이 그렇지, 사실 바쁜 와중에 세심한 배려로 내어준 시간인 것을 안다. 나는 박물관을 관람하기보다 신나 있는 이 후배의 귀여움을 관람한다.

그와 이 박물관의 역사는 건립 준비에서부터 시작되었다. 커다란 박물관을 세우는 일은 오랜 난항을 겪었고, 그사이 떠나버린 사람들도 있다고 했다. 한창 준비 중일 때 그를 만난 적이 있다. 그는 박물관 건립이 얼마나 힘든 일인지 토로하면서도, 언젠가 다른 박물관 건립팀에 다시 참여해도 좋겠다는 말을 꺼냈다. 기관 건립을 위해 열심히 일한 이들은 대체로 해당 기관에 남아 안정적으로 근무하는 편이다. 그러나 그는 지긋지긋하다 말하면서도 다시 박물관을 세우는 일을 해보고 싶다는 것이었다. 이름이 남는 일은 아니지만, 의미를 지키고 싶다고 했다. 그런 그를 바라보며 어쩐지 존경스러운 마음이 들었다.

박물관을 세우는 이야기를 들으며 커다란 출판사 구석에서 사전을 만드는 사람들을 떠올렸다. 영화 〈행복한 사전〉(2013)의 사전 편찬팀 이야기다. 그들이 만드는 '대도해(大渡海)'라는 사전의 이름처럼, 사전을 만드는 작업은 매일매일 조금씩 헤엄쳐 거대한 말의 바다를 마침내 건너는 일이다. 등장인물들은 종종 외부의 바람에 떠밀리고, 긴 프로젝트의 무게에 짓눌려 심해로 가라앉을 때도 있지만, 대체로 잔잔한 일상의 리듬으로 파도를 탄다. 난파하지 않기 위해 필요한 것은 담담한 태도와 의연한 심지, 서로를 향한 믿음이다. 그리고 또 하나, 몰입의 즐거움. 한 가지 일에 일생을 바치는 것은 어떤 기분일까.

인상적인 건 등장인물들의 태도다. 사전을 만들다가 회사 사정으로 부서를 옮겨도, 병이나 죽음으로 떠나도 낙담하지는 않는다. 또 뒤늦게 합류하거나 잠깐 일을 돕게 되더라도, 처음부터 만들던 사람들의 태도를 똑같이 계승하며 만든다. 중요한 것은 '내가' 만드는 것이 아니라, 모두가 '만드는 것'이다. 가치를 향해 나아간다면 이름이 누구인지는 중요하지 않다. 마침내 사전이 완성되던 날, 그들은 서로의 노고를 짧게 축하하고 바로 개정판을 만드는 작업에 돌입한다. 바로 그 순간에도 말은 계속 변화하고 탄생하며, 일은 지속되기 때문이다. 그들이 원하는 건 하나의 의미를 남기는 것뿐이었다. 앞선 이는 길을 트고, 따르는 이는 그 뒤를 이으며 함께 손을 잡고 바다를 헤엄쳤다. 같은 가치를 향해 나아가는 동료에 대한 신뢰는 숭고하기까지 했다.

박물관을 만드는 일에 대한 후배의 마음이 존경스럽다고 느껴진 건, 직업의식이 빛났기 때문만은 아니다. 같은 직장을 다니는 건 아니지만, 넓게 보면 같은 업계에서 연결되어 있는 동료에 대한 든든한 신뢰에서 비롯된 것이었다.

혼자 책상 앞에 앉아 일하다 보면 창밖이 서서히 밝아지곤 한다. 강도 높게 일하는 기간에는 일상이 모두 지워지므로 더더욱 외롭다. 하지만 기나긴 비평문이나 책 한 권을 탈고하면 주로 늦은 밤이다. 그리고 중요한 건 축하보다 나를 기다리는 또 다른 일이므로 혼자 위스키 한 잔을 따라 자축하고 만다. 미국 드라마 〈보스턴 리걸〉(2004)의 주인공들이 일과를 끝내고 테라스에 앉아 위스키를 마시는 장면을 생각하면서.

그 장면을 처음 본 이십 대에는 주인공들을 동경했다. 탁월한 동료, 멋진 테라스, 위스키 한 잔. 이게 바로 진정한 어른의 삶이 아닌가. 물론 지금 바로 옆에 앉아 있는 동료나 보스턴 야경이 내려다보이는 멋진 테라스는 없지만, 탁월한 사람들 사이에서 하고 싶은 일을 해내고 맞는 하루의 끝은 내가 꿈꿔온 어른의 삶일 수도 있겠다. 하지만 위스키의 맛은 달기보다 쓰고, 며칠째 머리도 제대로 감지 못한 내 모습은 구질구질하다.

현실을 깨닫고 드라마 속 장면을 다시 보니 나란히 앉은 두 사람이 각자 멍하니 앞을 바라보는 찰나가 더 눈에 띈다. 함께 일해도 각자 짊어질 외로움이 있었을 테다.

자기 몫의 일을 온전히 책임지는 사람이라면 누구에게나 그런 외로움이 있다. 아무리 가까운 사이라도 대신 감당해 줄 수 없는 것이다. 피할 수 없는 외로움을 온전히 감당하고, 삶의 나머지 부분을 타인과 나누며, 손댈 수 없는 것은 흘러가도록 둘 수밖에. 쓸쓸하지만 충만한 마음을 동시에 느낀다. 하나로 정리할 수 없는 것들 사이를 통과하며 여전히 삶은 견고하다는 진실을 몸으로 배운다.

견디다 보면 반가운 소식들이 온다. 지난봄, 오랜만에 메일함을 열었더니 멀리 프랑스에서 지내는 작가에게 소식이 왔다. 아팠던 건 말끔히 나았고 그사이 새 작업에 들어갔으며 조만간 전시를 열러 귀국할 테니 밥 한 끼 하자고. 봄이 완연할 즈음 서울에서 만난 그의 얼굴은 전보다 훨씬 맑고 단단했다.

각자 어딘가에서 작업을 하다가 오랜만에 작품이나 전시, 글을 발표하는 이들을 보면, 혼자 어떤 시간을 견뎠을지 알 것 같아 애틋하다. 따로 일하다가 서로 연결될 때면, 책에서 배울 수 없었던 무언가를 꼭 하나씩 배운다. 내게 글을 맡기거나, 받은 글을 다듬어 세상에 드러내 준 사람들, 행간의 의미까지 부지런히 읽어내 준 사람들, 혹은 다시 쓰고 말하며 더 널리 알려준 사람들, 옆에서 응원하고 배려하고 도와준 가족과 친구들, 지금 이 글을 읽어주는 사람들까지, 모두 나와 같이 일해온 사람들이다. 내 일은 혼자 하는 듯 보여도 지금의 성과는 절대 혼자 이룬 것이 아니다. 시간과 삶은 파도와 같고 우리는 거기 떠다니는 작은 해초와 같은 존재이므로, 혼자 해낼 수 있는 범위에는 한계가 있다.

그래서 우리에게는 릴레이처럼 돌고 도는 응원이 필요하다. 작년 여름, 동료 작가에게 책 소식을 알리자 1년 전의 꽃 사진이 돌아왔다. 그의 전시를 축하하기 위해 직접 가시를 다듬고 포장했던 분홍색 장미였다. 별것 아닌 장미 한 다발이 그의 작업실 창가에 오래오래 꽂혀 있다가 어떤 날은 위안이, 어떤 날은 용기가 되어주었다고 했다. 그리고 그 사소한 장면은 다시 내게 돌아와 커다란 위안과 용기가 되어주었다.

지금 내 앞에는 얼마 전 나온 도록이 한 권 놓여 있다. 겉보기에는 얇은 책자 한 권이지만, 페이지 사이에 켜켜이 담긴 여러 사람의 두터운 마음을 알기에 애틋하게 어루만진다. 그사이 푸르게 어두워진 창밖에는 가로등이 켜지고 별들이 모습을 드러낸다. 나는 제각각의 파동으로 빛나는 그것들이 내 동료와 친구들을 닮았다고 생각했다. 거센 파도가 몰아치는 날에도 각자의 일과 삶을 단정하게 바로 세우며 자기 자리를 지키는 이들. 때로는 기쁘게, 때로는 서럽게 빛나며, 그러나 어떤 순간에도 자기만의 빛을 내며. 그럴 때면 나는 눈으로 마음으로 그 빛을 쓰다듬는다. 나처럼 당신도 거기 있군요, 오늘은 조금이라도 일찍 잠들 수 있기를, 그렇게 애쓰는 일을 무사히 완수하기를, 혹시라도 아프지 않기를.

멀리 있지만 마음은 가까운 얼굴들을 떠올리면 김환기의 대표작 〈어디서 무엇이 되어 다시 만나랴〉(1970)가 떠오른다. 커다란 화면에 푸른 점을 하나씩 찍어 완성한 커다란 그림은 드넓은 하늘을 연상케 한다. 작품 제목으로 별을 바라보며 떠오른 그리움을 담은 김광섭의 시 〈저녁에〉(1969)의 마지막 구절을 인용한 것을 보면, 이 또한 그리움을 담은 그림이라는 것을 알 수 있다. 짐작이지만, 당시 멀리 뉴욕에 머물던 노화가는 하늘의 별을 그리듯 점을 하나씩 찍으면서 고국에 있는 정다운 얼굴들을 하나씩 떠올렸던 게 아닐까. 그리운 것들은 그의 붓끝에서 하나의 별이 되었고, 그리움을 빼곡하게 모은 화폭은 푸르게 빛나는 하늘이 되었다.

위스키는 여전히 쓰고 새벽달을 보는 일은 몇 번을 더 해도 익숙지 않다. 나만 그럴까. 늦은 밤에 보낸 메일의 답장을 이른 새벽에 받는 일은 여전하다. 게다가 의미 있는 일이라도 흥행이 보장되진 않으니, 우리는 대단한 성공을 하지 못할 확률이 높다. 그러나 다 같이 어딘가에서 아득한 밤들을 건너며, 불가능의 언저리를 가능으로 바꾸고 있다고 여기면 못 할 것도 없다. 뒤에 있는 마음을 볼 수 있다면, 확률이나 숫자에 얽매이지 않게 된다. 나는 그 마음에 또 아주 작은 확률을 걸어본다.

"지연아, 너는 바다로 가는 중이야. 흘러 흘러 더 넓은 바다로 가렴."

언젠가 친구가 헤매고 있던 내게 건네준 반짝이는 말

이다. 물론 지금 어디쯤 표류하고 있는지, 바다 건너에 무엇이 있는지도 모른다. 그래서 이왕이면 함께 건너고 싶다. 내 곁에 누군가 있어주었기 때문에 늘 용기 낼 수 있었듯이, 나도 당신이 바다를 건너는 용기가 되고 싶다.

사랑과 평화의 자리

덕수궁 돌담길을 따라 걸으면 도착하는 정동에는 아직도 사용되고 있는 게 맞는지 의심이 될 정도로 오래된 입구를 가진 건물이 있다. 옛 신아일보 빌딩이다. 오래전 어느 여름날, 그곳의 계단을 올라 한 사무실의 문을 열었다. 좁은 공간에는 종이 냄새가 가득했다. 그때는 아직, 아니 무려 40대였던 대표님의 시원한 미소도 거기 있었다. 한 시사 월간지의 첫 사무실이었다.

대표님은 내가 쓴 그림 에세이를 블로그에서 읽어왔다며 기고를 제안하셨다. 원고지 25매의 글 한 편. 삶의 경험도 쓰기의 경력도 부족한 내가 할 수 있을까 의심이 들었지만, 기회를 놓치고 싶지 않아 짐짓 자신 있는 척 제안을 받아 들고 돌아왔다. 글을 쓰는 내내 어째서 내게 이렇게 큰 지면을 준 건지 이해가 가지 않았다. 그때는 25매를 쓰려면 몇 주에 걸쳐 수십 번을 고치고 또 고쳐야 했다. 최선을 다했지만 지금 다시 보면 부끄러워서 불태워 버리고 싶은 글을 겨우 보냈다. 그런데 어찌 된 일인지 다음 달에도 그다음 달에도 지면이 돌아왔다. 스물넷, 글 쓰는 직업인의 삶을 얼떨결에 시작했다.

그보다 앞선 여름의 어느 날에는 전시를 만들었다. 대학교 4학년 전공 수업 중에는 실제로 학교 미술관에서 전시를 여는 '전시기획실습'이 있었다. 나는 당시 졸업 논문에서 다루던 정재철 작가의 전시를 열고 싶어서, 대학생 때에만 가질 수 있는 당찬 패기로 그가 전시했던 갤러리에 무작정 전화했다. 그런데 운 좋게도 연락이 닿았다. 부모님 연배의 작가님은 아무 연고도 없는 학생의 실습 전시에 흔쾌히 작품을 빌려주기로 하셨다. 작가들이 작품과 전시에 얼마나 까다로운지 알게 된 지금 생각해 보면 말도 안 되는 쾌거였다.

무더워지기 시작하던 초여름날, 과천의 산자락에 있는 작업실에 도착했다. 그는 나를 자리에 앉히고, 오느라 힘들지는 않았는지, 어째서 전시를 열게 되었는지 찬찬히 물었다. 그러고는 그의 작업인 '현수막 프로젝트'의 맥락을 잘 보여줄 수 있는 사진과 지도, 현수막으로 만든 옷 등을 골고루 골라서 미리 넣어둔 박스를 건넸다. 그러고도 걱정이 되었는지, 마침 함께 있던 제자에게 나와 친구를 지하철역까지 태워달라 부탁하셨다. 나중에 돌이켜 보니 작품을 운송하려면 차라도 빌려 갔어야 하는데, 전혀 생각지 못했다. 아무런 경험도 생각도 없이 작품을 빌려 가는 어린 학생의 뒷모습을 보며 그는 무슨 생각을 했을까.

역시나 많이 부족한 전시를 열었는데도, 그는 다른 코멘트 없이 그저 고맙다고 하셨다. 그리고 전시가 끝난 며칠 뒤, 작품을 직접 찾아가겠다는 연락이 왔다. 마침 인근에 들를 일이 있다고 하셨지만, 아마도 차도 없이 작품을 가져간 내가 걱정이 되어 그리 말씀하셨던 거라고 생각한다. 실제로 나는 그 박스를 과천까지 어떻게 옮겨야 할지 몰라 전시 철수 후 며칠을 고민하던 차였다. 어른인 그는 늘 나보다 한발 앞서 생각하고 배려해 주었고, 나는 매번 늦게 깨달았다.

감사하고 죄송해서 어쩔 줄 모르는 내게, 그는 그저 시원한 웃음을 건네고 떠났다. 호미 화방 인근의 어느 주차장, 마지막으로 본 그 웃음을 아직도 기억한다. 큰 사건은 없었지만, 그해 여름의 전시로 나는 '신뢰'를 배웠다. 대부분의 어른이 어리고 경험 없는 사람들에게 쉽게 건네지 않는 것 말이다.

한참의 시간이 흐른 후에 그를 다시 만난 것은 공교롭게도 또 여름날이었다. 아르코미술관에서 열린 전시 〈사랑과 평화〉*는 그의 1주기를 추모하는 회고전이었다. 그가 떠났다는 소식을 나는 뒤늦게 들었다. 그가 나를 기억하고 있었다는 이야기도. 그때 그 당찬 학생은 어디서 무

* 아르코 미술관 기획 초대전 <정재철: 사랑과 평화> 2021. 7. 1~8. 29, 아르코 미술관

얼 하고 있을까 궁금해하셨다고 했다. 그간 나도 여러 번 그를 떠올렸는데, 아무것도 손에 쥔 것이 없어서 연락을 하지 못했다. 그런 나를 궁금해하셨을 거라고는 꿈에도 생각지 못했다. 먹먹한 마음에 망설이다가 마지막 날에야 겨우 전시를 보러 갈 수 있었다.

14년 전 빌렸던 현수막 작품들이 보였다. 도로변에 설치되었다가 철거된 현수막들을 가지고 실크 로드를 건너는 프로젝트였다. 현수막은 한글을 인쇄해서 정보를 전달하는 도구였지만, 일정한 시간이 지나면 쓸모를 다하고 버려진다. 그런데 우리나라에서는 소각되어 사라질 운명에 처한 천 조각들이 실크 로드에서는 새 운명을 얻을 수 있었다. 말과 글은 물론 문화가 전혀 다른 곳에서 폐현수막은 알록달록한 무늬가 있는 예쁜 천이었고, 누군가의 옷이나 가방, 집 앞을 장식하는 천막으로 변신했다.

오랜만에 그의 작품 앞에 서서 내 졸업 논문의 주제였던 '노마디즘(Nomadism)'의 뜻을 되새겼다. 이 단어는 머물 곳을 찾아 끊임없이 이동하는 '유목민(Nomad)'에서부터 비롯된 철학적 개념으로, 특정한 방식이나 가치관에 얽매이지 않고 계속해서 기존의 자기를 부정하며 새로운 자아를 찾아가는 태도를 뜻한다. 우리 역시 여행이나 인생의 과정을 통해 새로운 경험을 받아들이며 원래의 자신과 또 다른 자신으로 태어난다. 우리나라를 떠나 실크 로드를 건너며 예상치 못한 존재로 태어난 현수막의 여정 역시 유목민의 삶을 닮았다. 자리를 옮겨 이동하는 것은 새로운 가능성을 탄생시키는 행위이며, 그 사이에서 문화는 언제든지 섞이고 변화할 수 있다는 사실을 작가는 보여주고 싶었던 것이 아닐까.

그의 작품에는 애정 어린 시선이 깔려 있었다. 버려지거나 누구도 관심 갖지 않는 것에서 쓸모를 발견하려는 시선, 어딘가에서 새로이 태어나 쓸모를 찾을 수 있길 바라며 자신의 어깨에 짊어지고 걷는 걸음은 사랑과 평화의 자리를 만드는 일이었다. 내가 아는 환대의 태도가 작품 속에도 있었다. 사람이 떠난 뒤 누군가의 가슴에 남는다면, 예술가는 자신이 만들고 가꾼 정신과 가치 속에 남는다. '사랑과 평화'는 진부한 단어일 수도 있지만, 진부함을 두드려 깨고 틈을 여는 건 가장 급진적인 일이다.

영상 속에서 다시 그의 웃음을 보았다. 오래전 과천의 숲속과 홍대에서 보았던 그 시원한 웃음처럼 활짝 열려 있었다. 그쪽에서 불어오는 바람이 내 등을 밀어주었다. 그 여름, 나는 주요 미술 매체에 필자로 처음 글을 기고하게 되었고, 마침 내가 쓴 글은 〈사랑과 평화〉의 전시 리뷰와 나란히 실렸다.

또다시 여름이 되었다. 여러 번의 여름을 통과한 나는

여전히 여기서 글을 쓰고, 첫 지면을 내어준 매체와 지금껏 일한다. 대표님은 처음 만났을 때부터 내가 쓰는 글의 방향을 바꾸거나 쉽게 수정을 요구하지 않으셨고, 글쓰기에 대해 자존심을 부리는 조금 치기 어린 태도까지도 존중해 주셨다. 그런 배려들이 글 쓰는 사람으로서의 자존감을 키워줬고, 어쩌면 내가 계속 글을 쓰기로 결정한 용기가 되어주었을 테다.

그는 함께 일한 지 10년이 훌쩍 넘었을 때, 처음으로 글의 일부분을 수정하고 중제를 넣어달라는 편집 의견을 보냈다. 그제야 알았다. 충분해서 침묵했던 게 아니라 그때는 할 수 없다는 걸 알고 긴 시간 기다려 주셨다는 것을. 그 덕분에 나는 편집 의견을 수용하여 글을 다듬을 줄 알게 되었고, 그곳에서 새로 만드는 계간지의 편집 위원이 되어 의견을 나눌 수 있게 되었다. 물론 나는 여전히 모자라다. 지금 여기는 누군가 나를 믿고 기회를 주었기 때문에 도착한 곳이자 또다시 누군가 나 대신 위험을 짊어지고 내어준 자리다.

그럼에도 내게 안착은 먼 이야기다. 나는 늘 헤매다가 무언가 포기했고, 이번 여름에도 밤을 새우다가 두 손을 들고 포기했다. 스스로 한심해서 세상에서 숨어버리고 싶었던 오후, 정재철 작가의 3주기 회고전*을 놓치지 않으려

* 고(故) 정재철 3주기 추모전 〈끝나지 않은 여행〉, 2023. 8. 4~8. 26, 금산 갤러리

고 명동으로 뛰어갔다. 전시장은 막 문을 닫으려는 찰나였다. 영상 속의 그가 현수막으로 만든 옷을 입은 채 걷고 있었다. 아주 오래전에 학교 미술관의 벽에 걸었던 그것. 나를 힘껏 밀어준 웃음을 떠올리며 두 발에 힘을 주고 등허리를 바로 세웠다. 여기서부터 나는 다시 걸어가야겠다고. 명동 한복판에서 여름 숲의 바람이 불었다.

뒤따라오는 사람을 믿고 기다려 주는 태도는 '당신의 위험과 불안을 함께 짊어지겠다'는 말의 다른 표현이다. 누군가 그런 너그러움으로 나를 믿어주면 나도 깨닫지 못하는 사이에 자기 확신이 자라난다. 나의 과거를 돌이켜보면, 조금 분에 넘치는 기회를 받을 때마다 눈에 띄는 성장을 이뤘다. 나를 믿고 기다려 주는 사람들의 기대와 신뢰가 내 등 뒤를 지켜주었기 때문에 안전한 환경 속에서 평소보다 더 힘껏 애쓸 수 있었다.

이후에도 혼자 넘어졌다 다시 일어설 때마다 내가 받아온 믿음들을 되새겼다. 차별 없는 신뢰를 선뜻 건네며, 내 부족함에 따르는 위험과 불안을 함께 짊어져 주는 좋은 어른들이 있었기 때문에 나는 지금껏 심지 굳게 자라날 수 있었다. 그들은 가능성만을 믿고 자리를 내어준 것은 물론, 좌충우돌하며 자라는 모습까지 너그러이 지켜봐주었다. 그러한 성장의 기회를 손에 쥘 수 있었던 것은 내가 이룬 성취보다 더 큰 행운이었다.

반면 누군가에게 너그러이 자리를 내어주는 만큼 내가 앉은 자리는 좁아진다. 젊어질 위험이 커진다는 뜻이다. 시간이 흐를수록 지키고 견뎌야 하는 것이 많아서 자리를 내어주는 일은 더 어려워진다. 그럼에도 뒷일을 책임지겠다는 각오는 사랑보다 더 많은 용기를 필요로 한다. 그 마음을 시간이 많이 흐른 뒤에 알았다.

쉬이 기댈 수 있었던 너그러운 언덕에 오른 나는, 이제 반대편의 깎아지른 낭떠러지가 보인다. 내가 언덕에 기대는 동안 누군가는 그곳을 고단하게 지키고 있었을 테다. 이번에는 고개를 돌려 언덕에 기대러 오는 이의 등을 본다. 내가 해야 할 일이 무엇인지 안다.

예전에 내게 비평을 맡겼던 한 작가의 작업을 계속 지켜보다가 조심스레 말을 꺼냈다. 몇 년쯤 지난 후에 그동안의 작업을 쭉 정리하는 글을 내게 맡겨줄 수 있겠느냐고. 작가님이 성장하는 동안 나 역시 열심히 자라고 있겠다고.

당신의 내일이 궁금해지는 마음이 어떤 모양인지 어렴풋이나마 알 것 같다. 여전히 나 하나 건사하기도 부족하면서 누군가의 삶을 함께 짊어지고 싶다는 것은 욕심일지도 모른다. 하지만 조금 무리해 보는 것은 지금 떠오르는 얼굴들을 사랑하기 때문이다.

여름을 떠올리면 내 등 뒤에서는 언제나 바람이 분다. 종이 냄새와 초여름 숲의 기운, 약간의 모래알, 그리고 아직도 내가 모르는 또 다른 뒷면의 이야기들이 섞인 바람이다. 바람이 밀어주는 방향을 따르면 자리가 보인다. 알록달록한 현수막이 푸른 하늘을 향해 날리는 그 아래, 다음 사람이 앉을 사랑과 평화의 자리가 있다. 나는 그곳을 딛고 일어나 다음 여름을 기다린다.

멀리 그러나 가까이

오래전 전주영화제. 영화가 끝나자 머리가 새하얀 벨기에 감독이 관광객처럼 목에 카메라를 걸고 들어왔다. 60년대부터 실험 영화를 만들어 온 보리스 레만(Boris Lehman) 감독이었다. 관객과의 대화에 참석하기 위해 처음으로 한국에 왔다는 그는, 이렇게 많은 관객이 자기 영화를 보러 온 것이 너무 신기하다며 들뜬 목소리였다. 그리고 목에 건 카메라를 들어 연신 관객의 사진을 찍어댔다.

웃으며 이야기하는 그의 얼굴에 깊게 팬 주름의 굴곡이 아름다웠다. 주름은 나무의 나이테처럼 사람이 살아온 날의 기록이다. 풍파 속에서도 치열하게 살아온 생의 흔적이 만든 주름에는 사이사이 빛이 배어 있다. 또한 오래 제 길을 걸어온 사람이 가질 수 있는 깊고 견고한 눈매와 그 안에서 빛나는 호기심 가득한 눈망울이 카메라 뒤로 엿보였다.

그날 본 영화는 〈장례식-죽어가는 예술에 대하여〉(2017)였다. 레만 감독의 자전적 영화이자 예술적 유서라는 이 실험 영화에는 본인이 직접 출연해 자신의 책, 필름, 공간을 차례로 더듬는다. 그리고 모든 걸 태움으로써 흔적을 지우고 마침내 사라진다. 이를 끝으로 더 이상 새 영화는 찍지 않을 거라며.

하지만 이듬해, 레만 감독이 마치 유령을 깨우듯 기존의 미공개 자료를 편집해 〈과거의 유령〉이라는 영화를 만들 것이라는 기사를 읽었다. 그의 장난스러운 눈빛이 생각나서 피식 웃었다. 그는 과거의 자신을 죽이고 재탄생하고, 또다시 과거를 불러낼 것이다. 반세기 이상 자기만의 작업을 지속하며 스스로를 탐구해 온 사람이라 가능한 서사라고 생각했다.

요즘은 너무나도 새롭고 기발한 작업들이 끊임없이 쏟아진다. 젊은 작가들의 재치 있는 작업은 다각도로 빛난다. 나도 아직 젊지만, 젊음은 언제나 상대적이라 가끔은 구석에서 낡아버린 기분이 된다. 어쩔 수 없이 알아버린 게 늘어나서, 어릴 때에는 '들이받았던' 것들을 점차 '받아들이는' 때가 온다. 글자의 순서를 조금 바꾸었을 뿐인데 이렇게나 다르다.

시간이 지나야 알 수 있는 가치와 기쁨이 존재한다는 것, 경험이 쌓이며 무르익어가는 사람의 분위기가 강력하다는 것도 안다. 시간을 이길 수 있는 것은 별로 없다. 하지만 모두들 반짝이고 풋풋한 것에 먼저 눈길을 준다. 나이가 상관없는 시대라며, '에이지리스(ageless) 사회'라고 부르지만, 실상은 젊어지라고 떠미는 모양새다. 젊어지는 비결에 대한 이야기는 항간에 수없이 떠돌지만 늙음에 대한 이해는 부족하다. 늙음은 화려하지 않기 때문일까.

나는 스물여섯 살 차이 여자와 함께 산다. 서른이 넘어 다시 같이 살게 되면서 마주한 엄마의 삶은 어린 시절의 내가 알던 것과 아주 다르다. 특히 여행 중에는 집에서와 달리 일거수일투족을 함께하기 때문에 평소에 발견하지 못했던 것까지 보게 된다. 짧으면 사나흘, 길면 보름씩 함께 다니는 동안 엄마의 새로운 모습을 많이 발견했다. 그 중 가장 기억에 남는 건 나와 다른 움직임이었다. 계단을 내려갈 때 조심스러운 발짓, 침대에서 천천히 몸을 일으키는 과정, 먹어야 할 약을 차근차근 빠짐없이 챙기고 스트레칭을 하는 아침 루틴 같은 것들.

내가 몰랐던 움직임 뒤에는 세월과 함께 다가온 것들을 받아들이며 몸을 아끼는 지혜가 있었다. 새로운 움직임을 인지하면 분명히 동시간대에 존재했지만 깨닫지 못했던 세계의 층이 보인다. 혼자 여행했다면 미처 발견하지 못했을 평행 우주다. 나와 다른 삶을 인지할수록 우리가 아는 우주는 넓어진다.

언젠가 본 박성연 작가의 전시*에서 또 다른 평행 우주를 발견했다. 커다란 화면 속에서 작가의 아버지가 돌아누운 등과 어머니가 가지런히 모은 두 손이 들숨과 날숨에 따라 고요하게 들썩였다. 작디작은 생의 움직임이 천천히 그러나 또렷하게 재생되고 있었다.

비슷한 시기, 임선이 작가는 벽을 하얗게 칠하고 바닥에 소금을 깔아 새하얀 공간을 만들고 오래된 샹들리에를 설치했다.** 샹들리에의 불은 켜지고 꺼지기를 천천히 반복했다. 느리게 깜빡이는 불빛들이 마치 노인의 가쁜 호흡과 느린 말투 같았다. 에너지가 넘치는 젊음을 거쳐 점차 느려지며 도착하는 노인의, 아니 우리 모두의 삶.

미술은 이렇게 보이지 않는 움직임을 또렷하게 드러낸다. 작품을 통해 느리고, 가늘고, 때로는 위태로워도 스스로 터득한 속도와 요령으로 견고하게 이어나가는 노인의 삶을 보여준다. 삶은 시간이 흘러 사라지거나 약해지는 것이 아니라 다른 형태로 변화한다. 살아 있는 한 모두가 그곳에 있다. 작고 느린 숨의 기척, 녹슨 샹들리에 위에 머물던 느린 빛은 속도가 다를 뿐 선명했다.

엄마는 여전히 자신의 속도를 가늠하며 산다. 그러던

---

* 박성연 개인전 <You are here> 2020. 12. 22~2021. 2. 6, 씨알 콜렉티브

** 임선이 개인전 <품은 시간과 숨의 말> 2021. 1. 21~2. 21, 스페이스 소

그가 어느 날 속초에 갔다. 속초가 무슨 대수냐 싶겠지만 생애 처음으로 혼자 떠나는 여행이자 그의 인생에 벌어진 새로운 사건이었다. 엄마가 보내온 영랑호의 사진을 보면서 안쓰럽고 대견한 마음을 느꼈다. 또한 혼자서도 발걸음을 옮길 줄 아는 사람이 내 곁에 있다는 사실에 든든한 안도감이 들었다. 스물한 살에 처음으로 혼자 떠나는 내 등을 보던 엄마의 마음도 그랬겠지. 여행에서 돌아온 그의 지친 발끝을 눈으로 쓰다듬었다. 엄마의 삶은 희미해져 가는 것이 아니라 무르익어 가고 있었다.

버스에서 내릴 때 무릎을 아끼며 조심스럽게 계단을 밟았을 그의 움직임과 그럼에도 속초의 바다 앞에서 선명하게 일렁였을 그의 눈동자를 상상했다. 내가 아는 눈동자다. 폴란드의 유채꽃 들판을 달릴 때도, 체코 서부의 숲속을 걸었을 때에도, 언젠가 스톡홀름에서 노을을 등지고 도착한 식당에서도 보았던 그 얼굴을 쉽게 떠올릴 수 있었다. 나는 혼자인 여행에서도 종종 활짝 웃는데, 그에게도 그런 웃음이 있었을까. 있었다면, 내가 기억하는 표정처럼 매우 빛났을 것이다.

작가들의 삶도 다르지 않다. 시간이 흘러 삶의 환경이 변화하거나 시선이 바뀌기도 하며, 직접적으로는 신체의 노화로 인해 작업 방식이 바뀌기도 한다.

수평선의 형상을 아름다운 추상화로 그리던 김보희 작가는 제주에 정착한 이후 더 일상적이고 구체적인 풍경을 그린다. 눈에 자연스레 들어오는 제주의 자연과 단정한 집 안의 모습, 늘 함께하는 반려견 등 마치 일기 같은 풍경이다. 더 단순하고 편안해진 그림이지만, 오래 담금질해야 가질 수 있는 단정한 고요가 담겨 있다.

함께 책을 만드는 친구와 김보희 작가의 전시*를 보면서, 지금 이 젊은 날에 삶의 이정표 같은 작품들을 만날 수 있어 다행이라고 생각했다. 나는 감상에 빠진 채 친구에게 말했다. 우리도 이렇게 환갑이 훌쩍 넘어서까지 열심히 작업하며 아름다운 것을 만들자고. 해결책을 우선시하는 내 친구는, 건강부터 지키자는 단호한 말로 내 낭만을 깨버렸는데, 너무 우리다운 대화라 웃고 말았다. 나이 든 작가의 삶과 젊은 우리의 삶이 그날 전시장에서 동시에 존재했던 것처럼, 이삼십 년이 지난 후 우리의 늙음 앞에는 어떤 젊음이 있을까.

이소의 작가의 영상 작품인 〈탄생석〉(2021)은 할머니의 사진첩 속 작은 스티커에서 시작됐다. 다닥다닥 붙은 스티커는 밤하늘의 별이 되고 우주를 돌며 점점 커지다 폭발해 사라진다. 죽음으로 끝나는 듯 보이는 순간 다시

* 김보희 초대전 <Towards> 2023. 5. 30~7. 1, 금호 미술관

사진첩으로 돌아온다. 할머니의 과거와 작가의 현재가 만나는 작품의 구조와 영상 속 별의 궤도는 돌고 도는 생명의 순환을 떠올리게 한다. 하지만 반복되는 영상을 바라보고 있노라면 무엇이 먼저인지 모호해진다.

영화 〈컨택트〉(2017)에서 외계인의 언어를 배운 루이스는 과거, 현재, 미래를 동시에 감각할 수 있게 된다. 영화는 우리가 선형적이라 믿던 시간의 구조를 무너뜨린다. 무엇이 먼저인지 모른다면 가장 중요한 건 지금 여기가 아닐까 생각했다. 우리의 젊음도 늙음도 그저 어떤 상태일 뿐 순서는 없을 테다.

레만 감독을 만난 봄에 나는 그 순서 없음을 깨달았다. 그해 전주영화제 일정 중 하루는 엄마와 함께했다. 겹벚꽃과 철쭉을 같이 보고 싶어서였다. 우리 둘 다 봄꽃이 끝도 없이 피는 언덕을 처음 만났고 〈후쿠시마의 어머니들〉(2017)이라는 영화도 처음 보았다. 그해 봄, 나와 똑같이 새로움에 빛나던 엄마의 눈빛을 가슴에 담았다. 아마 내가 태어나기 전부터 그가 가지고 있었을 그것.

누구나 삶의 모든 시기에 고유한 빛을 가지고 있다. 우리는 모두 각자의 질서로 자기 궤도를 돈다. 다만 드넓은 우주에서 마주쳐 서로를 알아본다. 그날 엄마의 빛과 내 빛은 같은 순간을 함께하며 교차했다. 그의 늙음과 나의 젊음, 아니 어쩌면 그의 젊음과 나의 늙음도 같은 곳에 있었다. 우리에게 중요한 건 함께 하는 지금, 서로의 다른 빛을 알아보는 순간이다.

사람이 젊어 보이는 건 주름 없는 피부가 아니라 미소와 생기 때문이다. 삶을 아무렇게나 내버려 둔 사람은 가질 수 없는 찬란함이다. 젊음과 늙음을 모두 통과하면서 제대로 삶을 지어낸 사람들은 자기 이야기를 할 때마다 찬란하게 빛났다. 새하얀 머리와 호기심으로 반짝이는 눈동자를 동시에 가진 레만 감독을 보며, 나도 40년 후에 세월이 선물한 눈동자를 갖길 바랐다.

하지만 이내 생각을 바꿨다. 나이를 먹고 세월을 거친 사람의 눈빛이 따로 있는 게 아니라, 언제든 자기 자신으로 살아갈 때 가질 수 있는 눈빛이 있다. 나이 든 엄마의 눈 안에 어린 그의 눈빛이 그대로 살아 있던 것처럼. 그렇다면 중요한 것은 시간의 순서가 아니라, 온 힘을 다해 지금을 사는 것이다. 나이가 상관없다는 건 그런 뜻일 테다. 아무래도 40년 후에 내가 갖고 싶은 것은 지금과 같은 빛으로 선명할 나의 눈동자다. 물론 그 눈빛 안에는 나의 젊음과 늙음이 함께 있을 것이다.

4부

우리는 함께 자란다

둥그스름한 언덕처럼,
밀려오는 파도처럼

스톡홀름 여행에서 만나고 싶은 것은 딱 하나였다. 스웨덴 건축가 에릭 군나르 아스플룬드(Erik Gunnar Asplund). 그의 이름을 소설 『여름은 오래 그곳에 남아』(비채, 2016)에서 처음 만났다. 정갈한 마음으로 이상을 추구하는 인간의 모습을 잔잔하게 담아낸 이 소설은 건축 사무소를 배경으로 하는 만큼, 중간중간 실존 건축가의 일화를 소개한다. 프랭크 로이드 라이트(Frank Lloyd Wright)나 르 코르뷔지에(Le Corbusier) 등 아는 이름들 사이에서 아스플룬드가 유독 눈에 띄었다. 콘크리트와 철과 유리로 모던한 건축물을 쌓아 올리던 시대의 흐름을 역행하며 자연에 가까운 건축을 추구했기 때문이었다. 언젠가 그가 만든 '숲의 묘지(Skogkyrkogarden)'에 가보리라 마음먹었다.

그날은 예상보다 빨리 왔다. 스톡홀름 중심가에서 지하철로 15분이면 숲의 묘지에 도착한다. 입구는 마치 공원처럼 보였다. 대부분의 묘지는 입장과 동시에 죽음의 무게가 수직으로 무겁게 떨어진다. 그러나 소설 속 구절처럼 숲의 묘지에서는 각자의 속도를 따라 죽음의 세계가 다가온다. 느릅나무 열두 그루가 우뚝 선 완만한 언덕을 지나자 묘지 구역이 펼쳐졌다. 숲의 공기와 함께 아주 천천히 죽음이 밀려왔다.

그곳은 비석이 빼곡히 세워진 일반적인 묘지 구역, 하늘을 향해 높이 치솟은 침엽수 아래 수목장처럼 묻히는 구역 등 각자의 추모 방식에 따라 여러 가지 형태로 구성되어 있었다. 하지만 전체적으로는 하나의 커다란 숲을 이룬다. 죽음과 함께 자연으로 돌아가는 곳이었다. 숲속의 구석구석 비밀스럽게 위치한 다섯 개의 작은 성당은 빽빽한 나뭇가지에 둘러싸여 마치 숲의 품에 꼭 끌어안긴 것처럼 보였다. 숲의 묘지는 자연과 건축의 관계, 건축과 인간의 관계에 대한 고정관념을 바꾸며, 20세기에 지은 건축물 중 최초로 유네스코 세계 문화유산으로 지정되었다고 한다.

이 유연하고 아름다운 추모의 방식에는 사연이 있다. 아스플룬드는 이 묘지와 다섯 개의 성당을 십수 년에 걸쳐 지었는데, 그 사이에 첫아들을 잃었다. 묘지를 완공한 후 아스플룬드 자신도 이른 죽음을 맞이했는데, 그 역시 이곳에서 화장되었다고 한다. 그런 사연이 있어서일까. 숲의 묘지에는 떠난 이를 소중하게 기리는 마음과 함께, 추모를 위해 찾아오는 남은 이들의 마음을 따스하게 안아주는 힘이 깃들어 있었다. 추모해 본 자만이, 즉 죽음을 가까이해 보고 죽음에 대해 많이 생각해 본 자만이 가질 수 있는 마음이 느껴졌다. 나는 아스플룬드의 숲속에서 내내 죽음과 함께 걸었다. 사라진 얼굴들을 생각했다. 그립지만 외롭진 않았다.

우리는 되도록 죽음에서 멀리 도망치려고 한다. 그러나 눈을 가린다고 해서 영원히 죽음과 만나지 않을 수 있을까. 문득 네 명의 남자가 석판을 골똘히 들여다보는 그림이 떠오른다. 니콜라 푸생(Nicolas Poussin)의 대표작 〈아르카디아의 목자들〉(1637~1638)이다.

그들이 보고 있는 석판에는 라틴어로 'ET IN ARCADIA EGO(아르카디아에도 나는 있다)'라고 적혀 있다. 아르카디아는 그리스의 지명으로 신화나 문학 속에서 지상 낙원을 가리키는 곳으로 자주 쓰인다. 그렇다면 아르카디아에 누가 있다는 것일까. 바로 '죽음'이다. 지상 낙원에서 아무리 행복을 누려도, 우리 인간은 언제나 죽음을 마주해야만 하는 운명이다.

하지만 죽음은 매번 낯설고 이별은 두려워서 피하고만 싶은 게 인간의 마음이다. 그래도 나는 계절마다 입을 수 있도록 단정한 검정 원피스를 한 벌씩 마련해 둔다. 검정이 영 어울리지 않아 옷장에는 알록달록한 옷들뿐인데, 가장 안쪽에는 늘 검정 원피스가 걸려 있다. 그동안 그래왔던 것처럼 앞으로도 마주치고 싶지 않은 순간들이 당연하다는 듯 불쑥 찾아올 텐데, 전처럼 아무런 준비도 하지 못한 채 허둥대고 싶진 않았다. 하지만 입지 않길 바랐다. 어차피 나한테 어울리지도 않는 옷인데 구석에 묵혀두었다 한참 뒤에 새 옷인 채로 버리는 것이 차라리 좋겠다고 생각했다.

그런 마음으로 새로 산 여름용 검정 원피스를 가격표도 떼지 않은 채 걸어두었는데, 결국 오랜만에 친구를 만나러 가는 길에 입게 되었다. 지하철 플랫폼에서 친구 아버지의 부고 문자를 받고 한참을 그대로 멈추어 서 있었다. 형식이 같은 일을 겪어도 슬픔의 모양은 제각각이라, 나와 닮은 슬픔 앞에서도 쉽게 위로하기 어려웠다. 기다려, 내가 갈게. 할 말은 그것뿐이었다.

그렇게 오랜만에 부산으로 향했다. 사실 나는 때가 되면 계절이 돌아오듯 부산의 바다를 그리워한다. 해운대 끄트머리의 미포에서 달맞이고개를 거쳐 청사포까지 가는 산책로, 빽빽한 소나무들 사이에서 틈틈이 얼굴을 내미는 바다, 한겨울의 햇살이 내리쬐는 해운대 백사장, 해양대 캠퍼스 안에서 보는 몽돌해변의 파도, 동삼동 언덕에서 중리해변으로 내려가는 절영로의 끝에 목적지처럼 자리한 바다의 푸른 조각. 언젠가 시간을 들여 사랑하게 된 사람과 부산의 해변을 걷고 싶다고 생각했다. 그제야 비로소 이전과는 또 다른 사랑한다는 말을 전할 수 있을 것 같다고.

그러나 기차가 달릴수록 두터운 시간의 더미가 나를 덮쳐왔다. 사라진 것들의 그림자가 차례로 밀려왔다. 부산 곳곳의 길모퉁이와 파도의 물결마다 작고 오래된 그리움이 묻어 있는데, 슬프게도 시간을 들여 사랑하게 된 것들은 시간이 흐르며 자꾸 사라진다. 사라지는 것들을 바라보는 마음은 오랜만에 찾아간 옛집 앞의 겹동백나무가 다 베어진 걸 발견했을 때처럼 아프다. 점점 부산에 가까워지는 동안 이제 그곳에 무엇이 남았나 헤아려 보았다. 얼마 남지 않은 것들 역시 시간에 밀려날 것이다. 사랑하는 것들이 자꾸 지워지는 도시. 나는 아무래도 부산을 미워하는 것 같다고 생각했다.

켜켜이 쌓인 시간에 등을 떠밀리듯 기차에서 내렸다. 슬픔이 무색하게도 해가 쨍쨍했던 8월의 일요일, 우리는 오래전 같은 일을 겪은 내게 친구가 와줬던 날처럼 웃는 얼굴로 꼭 끌어안았다. 어른인 척하며 사는 시간이 길어지면 닥치는 것이 무엇이든 잘 견딘다. 하지만 슬픔은 현실과 밀착해 있어서 시간이 흐른 뒤에 곳곳에서, 의외의 순간에 터진다. 나는 친구의 웃음 아래 가려진 것이 금방 얼굴을 드러낼까 걱정이 되었지만, 그저 곁에 있겠다는 말밖에 할 수 없었다.

죽음이 내내 나를 따라다닌 주간이었다. 나는 어디에도 있으니 잊지 말라고 귓가에 속삭이는 것 같았다. 서울에 돌아와서는 부재와 상실에 관한 전시*를 보고 글을 써야 했다. 가만히 서 있어도 땀이 줄줄 흐를 정도로 습하고 더운 날이었지만, 전시장 안은 지하 세계처럼 어둡고 서늘했다. 어둠에 눈이 적응하기도 전에 맑은 방울 소리가 들렸다. 방울은 만날 수 없는 존재를 불러오는 도구라고 들었다. 반복해 울리는 맑은 소리가 이 세계와 저 세계를 잇는다. 이내 커다란 벽면에 상영되는 영상이 눈에 들어왔다. 망자의 한을 씻어내며 안녕을 비는 의식인 씻김굿을 모티브로 상실과 부재를 이야기하는 이승애 작가의 영상 작품이었다.

나무나 돌, 흙에 종이를 대고 흑연을 문지르면 모호한 형상이 종이에 새겨진다. 작가는 그렇게 흔적을 새긴 종잇조각들을 잘라내 사람과 비슷한 형상을 만든다. 마치 씻김굿에서 옷가지를 이용해 망자의 몸을 만드는 것처럼. 영상 속에서 그가 만든 흑백의 존재들이 방울 소리의 부름에 따라 느리게 움직인다. 그들은 저 멀리 망각의 강 너머로 향하는 행렬을 만들고 있었다. 지금은 무채색이지만

* 이승애 개인전 <서 있는 사람> 2023. 7. 12~8. 19, 아라리오 갤러리 서울

그들도 언젠가는 색깔이 있었을 것이다.

작가가 흑연을 문지르는 동작이 누군가를 씻기는 손짓과 닮았다고 생각했다. 갓 태어난 아기를 씻기고 망자를 염습하는 것처럼 씻어주고 닦아내는 행위는 정성스레 안녕을 비는 행위다. 망자가 생전에 가진 원한을 풀어주고 마음 편하게 떠날 수 있도록 돕는 '씻김굿'도 그런 의례다. 씻기는 일은 몸과 몸을 맞대어 문지르면서 온기를 더하는 일이다. 만지고 만져지는 틈에서 눈가를 붉힐 만큼 뜨거운 애도가 피어난다. 부재와 상실은 피할 수 없는 일이다. 그러나 먼 길을 떠나는 사람의 안녕을 빌며 씻어주고 닦아내는 정갈한 마음은 슬픔을 덮고 내일을 볼 수 있게 한다.

친구와 웃으며 헤어지고는 서울행 기차에서 아주 조금 울었다. 시작은 그의 상실이었지만, 나머지는 거기 남겨둔 내 오랜 그리움들과 사라지는 것들에 대한 애도였다. 그러나 나를 둘러싼 세계의 모서리는 자꾸 무너져 둥글어지고, 앞으로도 이런 순간들을 통과하며 걸어나가야 한다. 그럴 때마다, 우리가 "죽음이라는 문을 통해 다음 세상으로 연결"된다는 영화 〈굿바이〉(2008)의 대사를 떠올린다. 죽음은 그 자체로 끝이 아니다.

물론 상실은 필연적이다. 두려워하며 흔적을 지우기

위해 애쓰는 대신 더 가까이 들여다보며 자연스러운 과정으로 받아들일 때, 오히려 있는 그대로의 모습으로 삶을 지속할 수 있다. 그러려면 결국 사랑 쪽으로 좀 더 몸을 기울이며 살아야 한다. 눈앞에 있을 때 힘껏 아끼고, 마침내 떠나보내야 하는 순간이 오면 남은 힘을 다해 안녕을 빌어주는 사랑. 그런 사랑을 가질 수 있는 강하고 유연한 사람이 되어야겠다고 다짐했다. 무엇을 향해 우는지 아는 것은 여전히 울 줄 아는 것만큼이나 다행이고 멋진 일이다.

숲의 묘지에서 슬프지 않았던 건, 부드러운 능선을 가진 언덕이 천천히 마음을 위로하고 숲의 초록색 공기와 청아한 자태의 성당이 가볍게 어깨를 어루만지는 사이에, 떠난 이들이 떠나지 않았다는 것을 깨달았기 때문이다. 사랑하는 이들은 여기 이렇게 손으로 만질 수 있는 돌과 나무처럼 가까운 곳에서 든든하게 나를 지켜보고 있었다. 나는 그런 비호 아래에서 더 밝은 햇살 쪽으로 계속 걸어왔다.

그러고 보니 옛집 앞의 겹동백나무가 전부 사라진 것을 알게 된 날, 남쪽에서만 자란다는 은목서의 향을 처음 알았다. 둥그스름한 언덕 너머로 한때 불타오르던 것들이 사라져도, 다음 날에는 다시 해가 떠오른다. 반복해서 밀려오는 파도처럼 사라진 것들을 계속 생각하지만, 떠난 간 것의 자리에는 역시나 새로운 것이 온다.

마음을 다독이며 계절을 하나 흘려보낸 뒤, 친구와 함께 해운대 바다를 찾았다. 우리가 함께한 바다에서의 날이 헤아릴 수 없는데, 그날은 그중에서도 가장 눈부셨다. 지난겨울 보았던 〈슬픔은 파도처럼 밀려와〉라는 제목의 전시를 떠올렸다.* 작가는 소중한 대상을 잃고 마음 깊은 곳에 남은 슬픔을 반짝이는 윤슬로 승화시켰다. 손으로 500장의 드로잉을 그려서 만든 애니메이션에서는 그림을 그리는 동안 둥그스름해진 마음이 파도와 함께 부서졌다. 매일의 삶으로 덮고 또 덮으며 벼려진 슬픔은 형언할 수 없이 눈부셨다.

그날 해운대에서 우리는 어릴 때처럼 빙글빙글 돌고 뛰어오르면서 사진을 남겼다. 아무리 바보 같은 짓을 해도 괜찮은 사이. 내가 미워하고 슬퍼했던 바다의 풍경 위로 아끼는 사람의 웃음이 덮였다. 무언가 사라지는 일은 계속되겠지만 잘 떠나보낸다면 슬프지만은 않다. 나의 슬픔은 천천히 걸어서 넘을 수 있는 둥그스름한 언덕처럼 거기 있고, 애도는 잔잔하게 밀려오는 파도처럼 반복된다. 모두 나와 함께 늘 여기 있다. 슬픔을 가지고 사는 것과 슬픔 속에 사는 것은 분명하게 다르다.

---

* 임지민 개인전 <슬픔은 파도처럼 밀려와> 2023. 2. 9~3. 9, 드로잉룸 서울

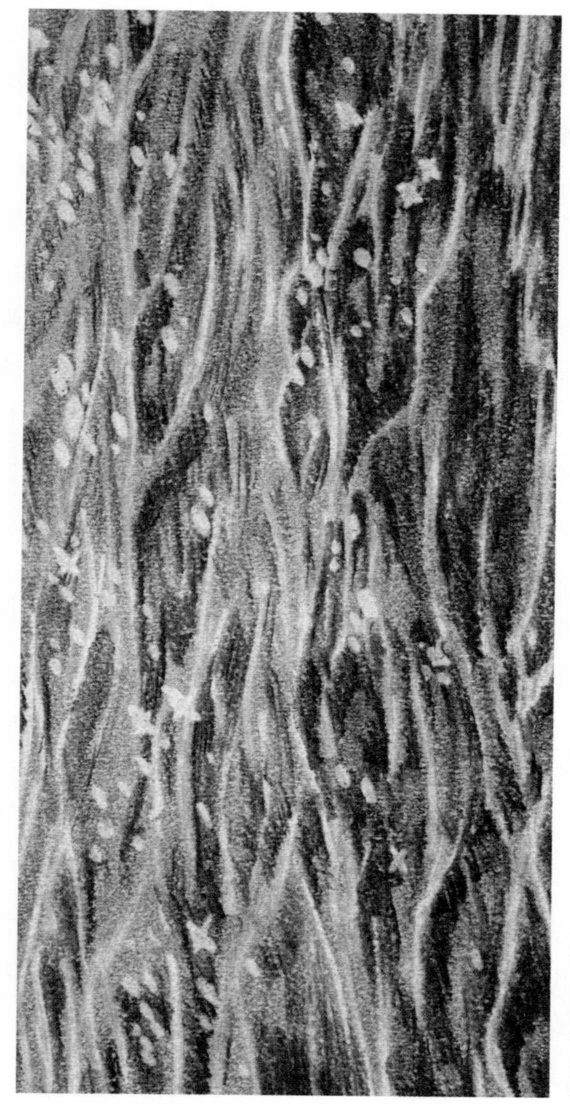

임지민 <슬픔은 파도처럼 밀려와>, Charcoal drawing animation, 03' 46", 2022 (still cut)

깊고 오래된 숲

"오랜만이에요." 그림 앞에서 낮은 목소리로 속삭였다. 아무도 없는 전시장에서 누군가를 만난 것 같은 묘한 기분을 느끼던 중 가벽 뒤에서 그림과 꼭 닮은 사람이 해사하게 웃으며 나타났다. 대학 졸업 후 한 번도 보지 못했으니, 김여진 작가와 내가 마지막으로 만난 건 10년도 더 된 일이었다.

우리는 같은 과 동기로 함께 미술 이론을 공부했고, 언니는 회화를 복수 전공했다. 게임 디자이너로 일하다가 몇 년 전 다시 작업을 시작한 그는 사십 대 중반이 되어서야 첫 개인전을 열었다. 이상한 일이다. 우리가 만나지 못하는 동안 흘렀던 그의 시간이 그림 속에 살아 있었다. 이야기를 나누지 않아도 그가 돌아온 길을 알 것만 같았다. 전시장의 흰 벽에 마침내 도착한 그의 흔적에서 오래된 숲의 향이 느껴졌다.*

맑은 얼굴을 가진 나무의 정령들이 봄의 소식을 듣고 깨어나 천천히 몸을 일으키고 있었다. 서로 뒤엉킨 채 함께 바람을 맞으며 웅성거렸다. 굽이굽이 마디가 꺾이는

* 김여진 개인전 <살아 있는 가지들> 2022. 4. 21~5. 11, 에브리아트

선이 화면에 끈적하게 달라붙었고, 짧게 끊기는 힘찬 붓질이 곧 날아갈 것처럼 가벼웠다. 절대적 시간이 있어야만 가질 수 있는 숲의 빛깔과 밀도가 천천히, 그러나 거부할 수 없게 내 발목을 붙잡았다. 그림에서 다음 그림으로 옮기는 시간이 길어졌다. 진득함과 산뜻함이 동시에 존재할 수 있는 단어라는 것을 깨달았다.

언니는 게임 캐릭터를 그리던 버릇 탓인지, 자기 그림에 등장하는 정령들이 경망스럽다며 웃었다. 하지만 무게를 더하는 것보다 덜어내는 일에 더 내공이 필요하다는 것을 알고 있기 때문에, 상기된 볼로 가볍게 웃는 이 질긴 생명의 얼굴들이 좋았다. 붓질의 방향과 글의 행간에서 헤매본 사람만이 발견할 수 있는 것들이 있다. 삶의 모퉁이를 돌며 무릎이 꺾일 때마다, 다시 털고 일어나 앞을 바라보며 걸어온 시간이 그의 작품에 깃들어 있었다. 또 식물의 마디에 성장의 순간이 담겨 있듯, 붓질이 꺾인 마디마다 풀썩 내려앉은 마음과 잠시 숨 고르는 시간, 다시 일어나 걷는 용기 또한 담겨 있었다. 모퉁이를 여러 번 돌아온 사람들은 서로 말하지 않아도 안다. 자주 무릎이 꺾였기 때문에 만들 수 있는 장면이라는 것을.

그림 앞에서 다시 마음속으로 속삭였다. 여기까지 흘러온 마음의 모양을 짐작할 수 있다고. 우리 여기에서 이렇게 만나려고 많이 헤맨 것 같다고. 숲의 기운과 함께 그의 시간도 내게 밀려왔다. 전시를 본 뒤 오랜만에 함께 저녁을 먹는 자리에서는 실패와 죽음과 기다림에 관한 많은 대화가 오갔다. 하지만 그림을 먼저 보았기 때문인지, 이미 알고 있는 이야기의 주석처럼 느껴졌다.

한참을 돌고 돌아서야 도착할 수 있는 곳이 있다. 지난 가을 서교동에서, 누군가가 돌고 도는 여정 끝에 마침내 오래된 숲에 도착한 장면을 목격했다.* 주택을 개조한 전시장의 대문을 열고 마당에 들어서자 붉은색 폭포가 쏟아졌다. 그물망 안에 플라스틱 공을 촘촘히 담아 만든 설치물은 3층 옥상에서부터 마당까지 기다랗게 늘어져 있었다. 마치 숲속에 오랫동안 자리 잡아온 나무의 뿌리 같았다. 최성임 작가의 〈아주 오래된 나무〉(2023)라는 작품이었다.

나무의 뿌리를 지나 전시장 안으로 들어서자, 수천 개의 황금색 와이어 끈을 엮어서 만든 이불, 노안으로 흐려진 시야를 표현한 수만 장의 드로잉처럼 규모나 수량 면에서 관객을 압도하는 작품들이 연이어 보였다. 또한 소리가 들렸다. 끈을 엮거나 구슬을 꿰는 행위를 반복하는 동안 작업실에서 수집한 소리를 담은 사운드 작품이었다. 이는 작가가 지난하게 쌓아온 시간의 증거였다.

* 최성임 개인전 <눈을 감아도 보이는 톡 톡> 2023. 8. 27~10. 1, 온수공간

작가는 자신을 12인분의 밥을 하던 사람이라고 말했다. 결혼한 뒤 네 아이를 낳고 살림을 하는 과정은 작업보다 더 많은 시간과 노력이 필요했다고도. 수만 개 단위의 유닛을 만들어도 지치지 않는 동력은 거기서부터 시작된 듯하다. 집 안을 돌아다니는 십수 개의 발, 아이들과 부대낀 살갗, 타인을 돌보며 틈틈이 구슬과 와이어를 엮는 시간 등 작가가 직접 겪어낸 몸의 흔적들이 고스란히 작품이 되었다. 하나의 몸이 통과한 시간은 에너지로 전환되어 이곳에서 뜨겁게 쏟아졌다.

그의 작품을 보면서 제주도 중산간의 깊은 숲을 걷던 기억을 떠올렸다. 아주 오래전부터 그 자리에 있던 곶자왈에는 옹이가 박힌 나무, 무성한 수풀, 땅 위로 드러난 뿌리, 붉은 흙과 검은 돌이 얽히고설켜 있었다. 높이 솟아 햇빛을 그대로 받아내는 삼나무부터, 빛이 들지 않는 그늘에 자라는 고사리와 이끼, 그 사이를 차례로 채우는 산딸나무와 쥐똥나무, 때죽나무까지, 모든 것이 살아 숨 쉬는 곳이었다. 도심의 아파트 단지나 공원에 옮겨 심은 아름다운 수형의 나무와는 달랐다. 오래된 나무들로 이루어진 숲은 긴 시간을 품으며 자기만의 모습을 만들고 있었다.

작가의 삶은 필연적으로 작품에 드러난다. 작가라는 정체성을 가지고 있다면, 삶에서 경험하는 모든 것이 작품 세계를 쌓는 재료가 된다. 자기만의 방식으로 삶을 통과한 사람이 만든 작품 속에는 그동안 걸어온 발자국의 숫자가 어김없이 드러난다. 때로는 멀리 돌아올수록 좋다. 늘어난 발자국의 숫자는 작품에 두께를 더한다. 한 사람이 지어낸 삶이, 작품과 함께 거기 있다. 어디서부터 어디까지가 예술의 경험이며 작업의 과정이라고 누가 섣불리 단정 지을 수 있을까.

김여진 <많은 일을 겪은 사람>, Oil on linen, 77×65cm, 2021

봄의 전시장에서 김여진 작가가 그린 작품들을 둘러보다가 한 그림 앞에 멈추어 섰다. 수많은 나뭇가지 다발이 정령의 가슴을 관통하고 있었다. 가슴을 뚫은 뾰족한 가지들이 그대로 남아 있는데도 불구하고 숲의 정령은 맑고 산뜻한 표정을 지었다. 〈많은 일을 겪은 사람〉(2021)이라는 제목을 가진 그림은, 그린 사람의 삶과 닮아 있었다.

삶의 어떤 경험들은 우리를 사정없이 관통한다. 아프게 가슴을 찌르는 것을 견디고, 온몸을 후벼 파는 것들을 온전히 받아낸 뒤에도 여전히 살아가는 것이 중요함을 알게 되면, 좌절이나 상처까지도 삶의 유일함을 만드는 마디나 옹이가 된다. 작가의 손은 그 유일한 삶을 재료 삼아 이렇게 아름다운 밀도를 만든다. 커다란 캔버스 위를 힘차게 지나간 붓질의 흔적을 딛고 숲의 정령들이 가볍게 웃는다. 작은 시간들이 꿰어낸 수천수만 단위의 유닛들이 모여 커다란 집을 휘감을 정도로 폭발하는 에너지를 생성한다.

모퉁이를 돌고 돌아 무릎이 꺾이고 다시 일어나는 시간 동안 마디와 옹이를 만들며 오랫동안 기른 나무들이 숲을 이룬다. 그곳에서는 봄이 오면 새순이 돋고 여름이 오면 잎이 무성해지며 초록의 냄새가 짙어진다. 지나온 시간을 되짚는 손이 뿌리가 되고, 내일을 향하는 손은 멀리 뻗어나가는 가지가 된다. 작품의 앞에 서면, 시간을 통과해야만 품을 수 있는 넓고 깊은 숲이 밀려온다. 가지와 줄기와 뿌리가 부지런히 부대끼며 만들어 낸 마찰열과 그늘에서도 무성하게 자라난 이끼의 냄새가 가득한 숲이다. 눈에 보이지 않아도, 소리 내어 말하지 않아도 누군가의 예술은 끈질기게 자라나고 있었다.

시간을 통과하는 사람

오후 5시에서 7시 사이, 한 여자가 내내 불안에 떨고 있다. 몸에 이상이 생겨 검진을 받고 결과를 기다리는 중이다. 늘 함께하는 가정부와 부자 남자 친구, 음악 작업 동료들, 심지어 오랜 친구들까지 누구 하나 진지하게 공감해 주는 사람이 없다. 영화 〈5시부터 7시까지 클레오〉(1962)속 이야기다.

아녜스 바르다(Agnes Varda) 감독의 초기작인 이 영화는 60년대 영화라는 것을 일부러 말해주지 않으면 모를 정도로 세련되고 재기발랄하다. 매끈한 메이크업과 스타일 좋은 가발, 몸에 꼭 맞는 예쁜 옷을 입었던 클레오의 스타일은 시간이 흐르며 검은 옷과 흐트러진 머리칼로 변한다. 도입부에는 컬러였던 화면이 이후 흑백으로 진행되고, 중간에는 소리까지 제거된 무성영화를 관람하는 장면이 삽입된다. 인물의 심리 변화를 간접적으로 느낄 수 있도록 구성한 매력적인 영화다.

2시간 가까이 인생의 깊은 계곡에 굴러떨어져 헤매던 클레오는 혼자 공원을 배회하다가 마침내 이야기가 통하는 사람을 만난다. 처음 보는 사람이지만 말이 통하지 않았던 기존의 친구들보다 낫다. 화면 속에서 처음으로 표정이 가벼워진 클레오는 그와 함께 검진 결과를 들으러 병원으로 간다.

어떤 경험은 인생의 새로운 국면을 열고 이후의 삶을 재편한다. 영화 도입부의 카드점 장면은 클레오가 죽을 것이라는 암시를 던졌다. 클레오의 결말은 알 수 없지만 영화의 마지막 장면은 그의 죽음을 암시하는 것 같지 않았다. 죽는 사람이 있다면 아마도 5시 이전의 클레오일 것이다.

언젠가 제주에서 거센 바람을 만나 한 발짝도 나아가지 못했다. 무라카미 하루키의 『달리기를 말할 때 내가 하고 싶은 이야기』(문학사상, 2009)와 캐리어 하나를 들고 섬에 내려가 가을 내내 머물던 때였다. 가볍게 산책을 나섰을 뿐인데 온몸으로 바람을 맞으며 고전하는 상황이 마치 당시의 내 삶 같았다. 그러나 나는 여기서 멈춘 게 아니라 버티는 힘을 기르는 중이고, 바람을 통과하고 나면 그동안 기른 힘으로 훌쩍 뛰어갈 날이 올거라고 생각했다.

지금도 나는 바람을 통과하기를 기다리고 있다. 통과한 후에 무엇이 남을지 지켜보는 중이다. 잘 모르는 길을 걷거나 낯선 경험을 통과하는 중일 때, 나는 일출을 목전에 둔 새벽 같은 마음이 된다. 버티는 시간이 끝나고 해가 떠오르면 마치 밤과 낮처럼 상반된 풍경이 나타난다. 그래서 때로는 변화한 작품을 보면 작가가 통과한 시간이 궁금해진다. 작품을 떠나 한 인간으로서 그의 삶이 어떤 시기를 전력을 다해 통과했다는 느낌이 들 때, 그리하여 오히려 더 가볍고 산뜻해진 작품을 볼 때면 묻는다. '통과'라는 단어를 어떻게 생각하느냐고.

작품은 하나의 정답을 건네기보다는 닫혀 있는 공간에 균열을 일으키는 존재다. 미술 작품 앞에 섰을 때 우리는 어느 유일한 장소를 생애 처음 방문한다. 바로 작가가 만든 대화의 자리다. 그곳을 통과하면 변화가 일어난다. 만들어 낸 작가, 경험한 우리, 작품이 남겨진 세상 모두 이전과는 다르다.

작가는 자신의 삶을 통과하며 작품이라는 장소를 짓고, 우리는 작품이라는 경험을 통과하며 다시 우리의 삶을 짓는다. 클레오가 그랬듯, 새로운 경험을 통과하는 것은 매 순간 죽고 새로 태어나는 일이다.

읽기도 하나의 경험이다. 직접적인 글자나 문장의 잔상, 거기서 이어지는 생각과 개인적 회상까지 경험으로서 독자의 몸과 정신에 남는다. 그래서 쓰기 역시 글자라는 도구를 이용해 정보를 전하는 것과는 다른 행위다.

건축가 페터 춤토르(Peter Zumthor)는 순간이 아니라 시간을 들여 감상할 수 있는 예술이 바로 건축이라고 했다. 그는 책 『분위기』(나무생각, 2013)에서 공간의 '분위기'라는 자신만의 스타일을 만들기 위해 공간의 소리와 온도, 주변의 사물, 빛, 내외부의 긴장, 친밀감 등을 고려한다고 했다. 이것은 공간 안에 들어선 사람들의 경험을 상상하는 일이다.

읽기가 경험이라면 글은 장소, 쓰기는 건축이다. 내가 지은 장소를 통과한 이들이 전과는 다른 사람이 되길 원한다면 그들이 경험하는 분위기를 생각해야 한다. 글의 분위기를 짓는다는 것은, 내가 아는 것을 전달하려는 욕심에 앞서 당신이 아는 것과 느끼는 감각을 알아채고 우리가 서로에게 어느 방향으로 서 있는지 확인하는 행위, 수많은 배려와 복잡한 은유가 자연스럽게 배치된 위압적이지 않은 행위다. 장소를 짓는 방식은 저마다 달라서 무엇이 절대적으로 옳다 하긴 어렵지만, 나는 이것이 원하는 바를 전하는 영리한 방법이자 누군가를 해치지 않는 태도라고 여긴다.

어느 작가는 그림이 그것을 보는 사람들을 잠시나마 한 공간 안에 머물게 만들며, 좋은 그림은 더 간단히, 오랫동안 가두어 둘 수 있다고 말했다. 그는 그렇게 그림으로 '가상의 집'을 짓는다고 했다.* 장르를 떠나서 누군가의 마

* 김재현 작가노트 <빈 집 - #1 가상의 집>(2021), https://jaehyunkimstudio.com/emptyHouse

음에 오래 남으려면 전달을 넘어 경험이 되어야 한다.

몇 년 전 쿤스트할레 헬싱키에서 놓쳤던 우고 론디노네를 마침내 서울에서 만나게 되었다. 전시의 제목은 〈바다의 수녀와 수도승들〉.*

회색 공간 안에 알록달록한 기암괴석 5개가 우뚝 서 있었다. 커다란 돌 위에 작은 돌을 하나씩 올려둔 조각의 형상은 사람을 닮아 있었다. 작가는 돌의 질감을 원하는 만큼 표현하기 위해서 작은 석회암을 3D스캔한 후 확대하여 청동으로 주물을 떴다고 한다. 또 벽과 바닥에 시멘트를 발라 전체가 하나의 회색 덩어리로 보이게끔 연출했고, 작품이 언제나 같은 색으로 보이도록 전시장에 들어오는 자연광까지 차단했다.

시간이 멈춘 듯한 회색 공간 안에 영원히 변하지 않을 것 같은 돌들이 서 있고, 나는 론디노네가 만든 분위기 속을 걸었다. 오랜 시간을 견딘 돌의 형상에서 자연의 숭고함이, 울퉁불퉁한 표면에서는 구도의 나날을 품은 풍성한 옷자락이 느껴졌다. 그 사이를 천천히 걸으며 해무가 짙게 낀 바다, 하늘, 돌이 이뤄내는 풍경을 상상했다. 이내 독일 낭만주의 화가 카스파 다비드 프리드리히(Caspar David Friedrich)의 〈해변의 수도승〉(1808~1810)을 떠올렸다.

* 우고 론디노네 <바다의 수녀와 수도승들> 2022. 4. 5~5. 15, 국제갤러리 서울

카스파 다비드 프리드리히 <해변의 수도승>, Oil on canvas, 110×171.5cm, 1808~1810

드넓은 바다 앞에 서 있는 프리드리히의 수도승은 거대한 자연 앞에서 작고 유약해 보인다. 그런데 가까이서 바라보는 론디노네의 수도자들은 뚜렷한 존재감으로 친근하게 우리를 내려다보았다. 그들은 크고 거친 대자연이 아니라 부드럽고 따스한 돌이었고, 그 앞의 나는 포근하게 보호받는 기분이었다. 함께 전시를 보던 동생은 그 돌들이 알록달록한 컵케이크 같다고 했고, 우리는 모두 웃음이 터졌다. 서로 다른 표현이었지만 어쩌면 우리는 동시에 돌의 부드러움을 느꼈는지도 모른다. 우리는 이렇게 작품 앞에서 잠깐 같은 장소에 머물렀다가 이내 멀어진다. 그러나 한자리에서 경험한 같은 순간은 오랫동안 기억 속에 새겨지며 우리를 연결한다.

작품은 고정된 사물이 아니라 우리가 목격하는 하나의 현상이고, 본다는 것은 시각적 자극을 뛰어넘는 총체적 경험이다. 이렇게 경험을 통과하며 우리는 새로 태어난다.

전에 만났던 친구가 그랬다. '나이 먹으면' 대신 '시간이 지나면'이라는 말을 쓰면 된다고. 더 나아진 것도 없이 갖고 있던 젊음이나 예쁨만 잃는 것 같아서 나도 모르게 나이 먹는다는 이야기를 자꾸 했던 것 같다. 내가 그보다 나이가 많은 게 우리 관계에서 약점이라고 생각했던 것 같기도 하고. 단어를 바꾸었을 뿐인데 방향이 달라졌다. 유일하게 그에게 배운 것이었다.

물론 시간이든 나이든 제 알아서 뭔가를 해결해 주지 않는다. 시간이 지났든 나이를 먹었든 대부분의 사람은 크게 바뀌지 않고 거기서 거기다. 그럼에도 시간을 통과하며 쓰고 읽고 감상한 나는 다르다. 변화를 겪어내며 아주 조금 다른 모습으로 다시 태어난다. 세상에 완벽하게 같은 경험은 없기 때문이다. 들뢰즈는 『차이와 반복』(민음사, 2004)에서 똑같아 보이는 반복도 매번 다르다고 말했다. 작은 반복을 지속하면 미세한 차이를 만들 수 있다. 그렇게 긴 시간을 보내면 어느 날 뚜렷한 차이를 깨달을 수 있다.

어쨌든 또 '시간이 지났고' 끓어오르는 여름과 기우는

가을을 통과해 겨울이 완연해졌다. 마감 릴레이를 마치고 나면 좋아하는 영화관에 가서 느린 영화를 한 편 보고 싶다. 영화를 보고 나오는 장면을 상상한다. 마음이 깨끗해져서 차가운 겨울 공기조차 기분 좋게 느껴지는 온몸의 감각을. 그리고 기분이 좋아져서 맛있는 걸 먹으러 가는 거다. 진하고 고소한 커피 같은 거라면 좋겠다.

시간을 통과한 오늘의 나는, 좋아하는 것으로 쉼표를 찍은 뒤 청량한 찬 공기를 들이마시고 다시 하얗게 내뱉는 기분을 언제든 스스로 만들 줄 안다. 일상의 무게를 가벼이 만드는 요령과 일관된 마음을 단련하며 반복하는 기술에 전보다 숙달하고 있다. 이게 뭐라고, 가끔 생의 아주 작은 비밀을 혼자만 알고 있는 것처럼 살며시 웃음 짓게 된다.

요 몇 년간은 누군가를 깊이 사랑하는 마음을 가지기 어려웠다. 혹시 사랑의 할당량을 다 썼나 싶어 위기감을 느꼈다. 그러나 고개를 들어 보니 사랑은 여기에도 저기에도 있었다. 여러 시간을 통과하며 재탄생하고 있었다. 변화하는 가운데 있어 잘 보이지 않았나 보다.

나는 매일 죽고 매일 다시 태어난다. 매일 비워지고 매일 다시 채워진다. 그렇게 충만한 상태로, 어둠을 통과하고 새벽을 거치며 기다린 청량한 겨울 아침에 문득 생각나는 글을 쓰고 싶다. 아니, 그런 사람이 되고 싶다.

별가루가 흩어질 때

별의 조각들이 거기 있었다. 서교동 골목의 주택을 개조한 작은 전시장이었다.* 산뜻한 색과 섬세한 붓 터치로 야무지게 영근 별의 조각들이 이쪽 벽에서 저쪽 벽을 건너며, 공간의 모퉁이마다 빛나고 있었다. 나는 오랜만에 본 김은주 작가의 그림 앞에 서서 이 아름다운 물질의 기원을 떠올렸다.

별의 조각들을 처음 만났을 때는 여름이었지만 비가 와서 긴소매를 입었던 것으로 기억한다. 우연히 들어선 전시장에서 처음 보는 작가의 첫 개인전**을 만났다. 전시의 이름은 〈별의 물질〉. 흥미로운 제목이었다. 작가는 작은 입자와 파동처럼 주의 깊게 바라보지 않으면 흩어져 버리는 것들에 관심을 갖고 기록한다고 했다. 눈에 보이지 않지만 우리와 별과 우주를 이루는 별의 물질들이 작가의 화폭 위에서 확대되어 펼쳐졌다. 서늘한 전시장 안은 작지만 꽉 찬 우주였다.

한 사람이 이제 막 세상에 자기 이야기를 펼친 자리.

* <손끝과 맞닿은 선명, 화병에 담은 고요>, 2022. 8. 2~8. 14, 예술공간 의식주
** 김은주 개인전 <별의 물질> 2020. 6. 27~7. 11, 킵인터치 서울

작가들의 첫 개인전은 서툴지만 유난히 반짝인다. 대단한 작가의 전시는 누가 보아도 좋지만, 이렇게 작고 빛나는 전시는 마음에 오래 남는다. 알록달록 별가루가 반짝이는 사이에서 내가 겪은 처음들이 스쳐 지나갔다. 마침 그즈음 나는 또 하나의 '처음'을 겪고 있었다.

당시 나는 소설 수업을 듣고 있었다. 몇 년을 벼르다 등록한 수업이었다. 그래서인지 첫 수업이 끝나자 삶의 모퉁이를 하나 돌았다는 생각에 벅찬 마음과 안도감이 동시에 차올랐다. 나뿐이 아니었다. 다양한 경력을 가진 수강생들은 모두 별처럼 반짝이는 눈빛을 가지고 있었다.

처음은 항상 빛난다. 하지만 이제 모퉁이를 돌았을 뿐, 다음 모퉁이까지 얼마나 오래 걸어야 할지 아직 알 수 없다. 기쁨만으로 가득 찬 여정이 아닐 거란 사실만 안다. 내가 걷다가 넘어지고 무참히 깨져도 세상은 아무렇지 않게 돌아가고 나는 또 넘어진다. 빛나는 처음의 마음은 그래서 애틋하다. 물론 나는 아직도 장편 소설의 첫 장을 완성하지 못했다.

처음이 얼마나 애틋한지 알기에, 누군가 처음의 마음에 글을 보태달라고 하면 망설여진다. 언젠가 흙으로 도자 작업을 하는 젊은 작가가 첫 개인전의 서문을 내게 맡긴 적이 있다. 다른 사람의 글을 한 번도 받아본 적 없는 작가의 글을 쓰는 일은 해석의 자유가 큰 반면 책임감도

크다. 자기 이야기를 꺼내는 데에 아직 익숙지 않은 사람의 말을 들으며, 그의 세계를 천천히 더듬어 갔다. 짧은 시간 동안 얼마나 깊이 닿을 수 있을지는 모르지만, 가능하다면 자신도 발견하지 못한 것을 꺼내주고 싶었다.

글을 쓰고 나면 피드백이 있을 때까지 신경을 쓰는 편이다. 비평에는 자유가 있지만 그래도 이왕이면 정확하게 짚는 글을 쓰고 싶은 바람이 있다. 내가 찾아낸 것이 맞을까, 작가의 뜻을 너무 곡해하진 않았을까, 우리가 연결되었던 걸까, 계속 되묻는다. 글을 보낸 뒤 작가와 이야기를 다시 나누고 나면 확신을 갖는 편인데, 그때는 글을 보내고도 별다른 피드백이 없어 조금 불안한 마음을 안고 전시장으로 향했다.

그런데 전시장에서 만난 작가의 반응은 의외였다. 그는 내가 쓴 글을 읽고 눈물이 났다며 짧은 편지를 건넸고, 집에 오는 길에 그의 편지를 읽으며 나도 조금 울었다. 그는 눈물의 이유가 '글이 좋아서'라고 했지만, 사실은 타인에게 자기 이야기가 닿았다는 감격이 아니었을까. 우리는 모두 내가 만든 것이 누구에게도 닿지 못할까 봐 떨곤 하니까. 마음을 다해 작품을 만들고, 그 이야기를 듣고 글을 쓰고, 작품을 바라보고 글을 읽는 것, 결국 모두 이어지기 위한 일이다. 이곳에는 늘 여러 겹의 마음이 있다.

'별의 물질'을 처음 만나고 나서 꽤 많은 시간이 흘렀다. 그사이에 나는 또 다른 작가들의 첫 전시를 보았고, 첫 전시의 첫 비평문을 쓰기도 했다. 작은 갤러리에서 열린 그룹전이나 청년 작가들의 아트 페어를 보러 다니며 몇 번이나 '별의 물질'을 다시 만났다. 시절에 따라 조금씩 달라지는 색과 솜털처럼 새겨진 작은 붓 터치들을 목격했다. 김은주 작가가 그려내는 작은 조각들은 더욱 단단하게 성장하고 있었다. 문득 이 사람은 어떤 태도로 그리고 있을까 궁금해졌다.

무언가를 만드는 건 태도의 문제다. 나는 언젠가 글을 쓰지 않을 수도 있다는 말을 자주 한다. 태도를 만드는 건 삶의 영역이며, 표현은 꼭 글이 아니라도 괜찮을 거라고. 전하고자 하는 건 글자가 아니라 그 안에 담긴 것이다. 그림도 같다. 한 작가의 성장을 지켜보는 건 그가 세상을 향해 쌓는 태도를 지속해서 응시하는 일이다. 첫 개인전 후 사라지는 작가도 많으니, 언제나 주어지는 기회는 아니다. 지켜보는 대상의 다음을 볼 수 있는 건 고마운 일이다.

흙을 만지던 작가는 작업을 중단하고 일단 취직하겠다는 소식을 전했다. 아쉬웠지만 한편 그에게 필요한 과정일 거라는 생각이 앞섰다. 그곳을 통과해야 손에 가질 수 있는 게 있을 테다. 다만 흙을 쥐던 그의 손길을, 말보다 더 많은 것을 전하던 그의 눈빛을, 편지에 담긴 마음을 기억한다. 사라지지 않을 심지가 거기 있었다. 당신이 만드는 것이 무엇이든, 언젠가 글을 보탤 기회를 주었으면 좋겠다는 말만 전했다. 그게 신제품 설명일지, 어떤 회사의 브로슈어일지, 무엇이 될지 아직 모른다. 하지만 나는 작품에 관한 글이 될 것이라고 생각했다. 작업하던 태도로 어루만진다면 그게 무엇이든 작품일 거라고 믿는다.

김은주 <파도>, Oil on canvas, 112.1×112.1cm, 2022

시간이 흘러 오랜만에 별가루의 다음 장면을 만났다. 김은주 작가의 두 번째 개인전 〈사랑의 모양〉*에서였다. 입자와 파동에 대한 그의 관심은 별의 물질에서 수면 위에 내려앉는 빛으로 옮겨갔다. 줄곧 단단해지던 별의 조각들은 이제 수면 위에 내리는 반짝임이 되었다. 고운 별가루가 흩어졌다 모이며 파도의 모양을 그려냈다. 피어나는 사랑과 함께 멀리 갈 채비를 마친 듯했다.

작가는 아침에 일어나 어제 그리다 만 그림을 가만히 바라보며 잠시 명상을 한 뒤 또 같은 하루를 시작한다고, 그런 시간이 좋다며 웃었다. 수면 위에 퍼지는 물둘레처럼 동그란 웃음이었다. 그는 긴 작업의 여정 속에서 자기만의 사랑의 자리를 만들고 있었다. 처음의 마음을 지키기 위해서는 서둘러 꼿꼿해지기보다 널리 감싸안아야 한다는 사실을 이미 깨달은 것으로 보였다.

한 사람의 세계가 어디까지 넓어지고 깊어질지 모르지만, 꽁꽁 뭉쳐 단단해지기보다 유연해지길 택하는 사람이 조금 더 멀리 갈 수 있다는 것은 안다. 그리하여 시간이 흐른 뒤에 비로소 더 단단해진다는 것을.

무언가의 기원은 언제나 아주 작다. 수면 위에 작은 돌

* 김은주 개인전 <사랑의 모양> 2022. 10. 14~11. 6, 전시공간

이 던져진다고 해서 아무것도 달라지지 않는다. 그러나 작게 퍼지는 물둘레의 파동은 강줄기를 따라 멀리 흐르고 흘러 언젠가는 큰 바다의 물너울이 된다. 물론 그사이 처음의 마음은 흐려지거나 변할 수밖에 없다. 삶과 예술은 언제나 펼쳐지고 증식하며 앞으로 나아가기 때문이다. 나아간 곳에는 스스로 일구어 낸 또 다른 마음이 있다. 그때 처음의 마음은 잊힐지도 모른다. 하지만 곧 흩어져 버릴지도 모르는 것들을 유심히 관찰해 기록하는 작가의 태도처럼, 처음의 마음을 기억해 주는 것은 바라보는 이의 몫이 아닐까.

언젠가 아주 멀리 나아간 별의 조각, 또는 흙을 어루만지던 손으로 정성스레 만들어 낸 무언가를 만나는 날을 상상한다. 그것의 기원을 떠올리며 가만히 웃는 내 얼굴까지도.

동그란 햇살 아래에서

평소 열심히 하는 일과 대충 하는 일의 편차가 심한데, 최근에는 특히 중요한 작업 빼고는 모두 얼렁뚱땅이었다. 그날의 할 일을 끝내고 나면 씻고 눕기 바빠서 옷장이건 책장이건 정리할 엄두를 못 냈고, 책상 위에는 책과 도록, 리플릿이 쌓여만 갔다. 정리하지 못한 것들과 함께 내 삶의 부채 또한 늘어갔다. 부지런히 움직이는데도 때로는 죽어 있는 것 같았다.

다행히도 좋은 작품을 만나면 생기를 얻는다. 최근 비평 작업 중에 프레임을 넘어 멀리까지 환해지는 사진을 만났다. 한낮 작가의 작품이었다. 전시 서문 의뢰를 받고 미리 작가 노트와 사진을 받아 보았는데, 나는 이미지 속에 넘쳐흐르는 햇살을 보며 작가 또한 그 햇살만큼 넘치는 자신감을 가진 사람일 거라고 생각했다. 그런데 정작 미팅 자리에서 만난 그는 의외의 이야기를 꺼냈다. 늘 현실에서 도망치고 있는 것 같다고.

한낮 작가의 작업은 어딘가를 향해 떠나는 것부터 시작된다. 작가 자신, 혹은 누군가 꿈꾸는 낙원을 찾는 것이다. 주로 햇살이 가득한 이국의 휴양지다. 그는 새로운 곳에 도착하면 월마트나 리들 같은 대형 할인 마트 또는 장난감 가게를 먼저 찾아간다. 동네 아이들이 흔히 갖고 노는 탱탱볼을 사기 위해서다. 흔해 보이는 물건이지만 막상 찾으려면 잘 보이지 않는 데다가, 작가가 원하는 빨간색을 구하기는 쉽지 않아서 매번 여러 가게를 뒤진다고 했다.

원하는 색감의 빨간색 탱탱볼을 찾아내면 해변이나 들판처럼 넓은 곳으로 간다. 탱탱볼을 하늘 높이 던지고, 둥실 떠오른 순간을 사진에 담기 위해 카메라를 들고 달린다. 그렇게 포착한 이미지들은 아름다우면서도 비현실적이다.

그는 탱탱볼이 자기 자신이라고 했다. 누구나 꿈꾸는 이국의 휴양지로 작업을 하러 떠나면서 내심 자신도 안정적으로 쉴 수 있을 것이라고 생각했지만, 언제나 제대로 쉰 적이 없었다. 머물 수 있는 시간은 정해져 있었고, 늘 작업을 생각하며 날씨와 주변을 살펴야 했기 때문이다. 풍경과 이질적인 탱탱볼의 모습이 마치 어딜 가도 겉도는 자기 자신 같았단다. 낙원을 찾아갔지만 정작 그곳에 자신이 뿌리내릴 낙원은 없어서 다시 또 다른 낙원을 찾아 떠나야 했다고.

그는 한 곳에 안착하지 못하고 늘 새로운 곳을 찾아 떠나는 여정을 실패의 반복이라는 듯 이야기했지만, 내게는 달리 보였다. 작품 속에는 그가 말하지 않은 무언가가 더 있었다. 작가 스스로 발견하지 못했지만 아름다움을 추동하는 핵심 동력이 분명히 존재했다. 가려진 것을 찾아내기 위해 그가 하는 말의 행간을 찬찬히 살피다가 의외의 문장에서 귀가 번쩍 뜨였다. "이 사진, 병원에 두면 환자들이 참 좋아하겠다!" 작가의 어머니께서 그의 사진을 보고 하신 말씀이었다.

그러니까 슬픈 실패의 이야기라고 단정 짓기에는, 그의 사진 속에는 살고 싶어지는 환한 생명력이 있었다. 무엇에도 규정되지 않고 언제나 정해진 틀을 탈주하며 옮겨 앉는 곳마다 끈질기게 다시 태어나는 생명력. 계속 이동하는 여정은 한 곳에 안주하지 않고 늘 새로움을 찾아 탐구하는 젊음의 활기처럼 느껴졌다. 작가에게 '생명력'이라는 단어를 건네며, 어머님의 말씀도 어려운 말을 쓰지 않았을 뿐이지 같은 뜻이라고 덧붙였다.

젊음이 꼭 그렇다. 가는 곳마다 실패해서 늘 새로운 곳을 찾아가는 것 같지만, 뒤집어 생각하면 불모지에서도 새로운 가치를 창조하는 힘이 바로 젊음이다. 무사히 적응하는 일은 안주하는 것이고 거기에는 다음이 없다. 그러나 늘 튀어 오르며 다른 곳을 찾고, 또다시 튀어 오르려고 애쓰는 것은 아직 생생하게 살아 있다는 뜻이다. 내가 발견한 맥락이 맞는지 조심스레 묻자, 작가는 동그란 눈을 하며 미처 생각지 못한 지점이라고 했다.

그런 시선으로 사진들을 다시 살피자, 작가가 떠나고 찾고 뛰어오르면서 끈질기게 잡으려고 했던 것, 그리하여 이미지를 통해 우리에게 건네려고 했던 것이 무엇인지 선명하게 보였다. 끈질기게 찾아낸 빛, 그 아래의 웃음, 헤매더라도 다시 딛고 일어나는 용기, 당신 또한 살아내 주었으면 하는 마음. 그가 찾아 헤맸던 것들이다. 그리하여 내가 쓴 글에 〈여기, 가장 빛나는 햇살을 당신에게〉라는 제목을 붙였고, 이는 그대로 전시의 제목이 되었다.*

완성된 글을 읽은 작가는, 작업의 전환점이 되는 중요한 키워드를 찾아주어서 고맙다며 연락을 했다. 만드는 이는 본능과 감각을 따르기 때문에 발견할 수 없는 것이 있다. 반면 지켜보는 사람은 한발 물러서 있기 때문에 쉽게 보이는 것이 있다. 장르를 불문하고 예술 작업은 타인의 발견 없이 혼자 서기 불가능하다. 그리고 그 발견은 일방적이지 않다.

한 계절이 지난 뒤, 나의 신간 북토크에 예고 없이 찾아온 작가는 커다란 테디 베어 해바라기를 건네며 활짝 웃었다. 나를 닮아서 산 꽃이라지만, 나는 만개한 노란 꽃

* 한낮 개인전 <여기, 가장 빛나는 햇살을 당신에게> 2023. 8. 24~9. 21, OKNP Online

이 그의 작품에 담긴 햇살과 더 닮았다고 생각했다. 이후 제주로 작업하러 내려간 그는 귤이 제철이라며 한 상자 가득 보내오기도 했다. 그의 다정한 마음이 내게 닿았던 날 중 하루는 무척이나 위태로운 여름날이었고, 하루는 아파서 앓던 겨울날이었다. 그가 실어 보낸 마음들이 햇살이 되어주었다.

이번 겨울에는 그가 또 이국의 가게를 뒤져 빨간 탱탱볼을 사들고 작업에 나섰다는 소식을 들었다. 거기에서 새롭게 태어나고 있을 그를 생각하니 나도 이대로 있을 수 없다는 마음이 들었다.

느리지만 오래 묵은 짐을 치우고 있다. 정리하지 못한 옷과 책과 전시 리플릿들이 뒤섞인 모양새가 마치 내 마음속 같아서 늘 괴로웠지만 전에는 이상하게도 움직일 수가 없었다. 이제는 한 번에 해치우기를 포기하고 하루에 서랍 하나씩, 옷은 세 벌씩 정리하기로 마음먹었다. 서랍을 뒤지다가 무려 8년 전에 갔던 바우터 하멜 콘서트 티켓까지 발견했고 모두 미련 없이 버렸다. 아무 의미 없는 것들을 왜 이제껏 쥚어지고 있었는지. 어쩌면 아무 의미가 없어질 때까지 무력하게 버텼는지도 모른다. 나야말로 무언가로부터 도망치고 있었던 것이 아닐까.

한낮 <The real ball in the real Hawaii>, Photography, Archival pigment print, 150×100cm, 2024

일상을 돌보지 못했던 것은 바라는 일들 때문이었다. 그 결과로 운 좋게 상을 하나 타게 되었다. 산뜻하게 기쁘기보다는 어깨와 마음이 묵직했다. 짧은 당선 소감을 위해 말을 고르고 골랐다. 비평은 작품과 독립된 하나의 글이지만, 그럼에도 내 글은 늘 작품으로부터 비롯되었기 때문에 현장의 작가들에게 존경을 전한다는 것이었다. 인사치레라고 하기에는 작품에서 얻은 배움과 감동, 현장의 동료들과 함께 서로를 발견해 주고 용기를 얻은 순간들이 정말로 내 경력을 채워왔다.

연말의 마감을 모두 마치고 공모전 원고까지 써내느라 체력을 바닥까지 소진했는지 1월에는 내내 아팠다. 2월의 첫날이 되어서야 새해를 맞을 수 있었다. 아침에 일어나면 창문을 활짝 열어 환기를 한다. 그동안 유일하게 지켜온 루틴이다. 12월에 산 포스터 달력을 음력 새해가 거의 다 되어서야 벽에 붙였다. 살고 싶어지는 환한 생명력을 담은 하와이의 풍경이었다. 인스타그램 계정에 '태양 에너지 서비스'라고 써둔 작가의 재치가 생각나서 웃었다. 그러고 보니 그가 던진 빨간 공은 태양처럼, 그의 웃음처럼 빛났다. 하와이의 빛과 함께 내 방에 여름이 들어왔다.

오랜만에 내 방에 들어온 쨍한 햇살을 보자 어쩐지 용기가 났다. 내 글이 누군가의 작업에 전환점이 되어주었다면, 내 삶 또한 무용하지만은 않은 것 같아서. 햇살처럼 뜨거운 빛은 이미지와 말과 행동에 모두 드러난다. 그럼에도 우리가 쓰는 언어는 서로 달라서 타인이 전하고자 하는 이야기를 전부 알아듣기는 어렵다. 때때로 우리 모두 혼잣말을 반복하고 있는 것이 아닌지 겁이 난다. 그러나 낯설지만 용기를 내어 던진 빨간 공처럼 불쑥 등장한 햇살 아래 서로를 발견하고, 다시 나를 발견해 본다.

살면서 큰 행운을 만나는 건 쉽지 않은 일이다. 하지만 작은 행운은 생각보다 넓고 가볍게 산재해 있어서 조금만 노력하면 쉽게 찾을 수 있다. 사람이 사람을 발견하는 건 그런 일이다. 그리고 예술 작품은 곳곳의 행운을 더 쉽게 만날 수 있게 해준다. 나는 그 작은 행운들을 귀하게 여기며 곱게 붙잡아 점을 잇는다. 점을 따라 가늘지만 긴 선을 긋는다. 그렇게 살다가 뒤를 돌아보면 선이 이어지는 길을 따라 내가 만난 마음과 얼굴들이 빛난다. 내가 건넨 사랑의 시선과 애쓰는 호의를 알아보고 소중히 여기는 사람들, 나를 기억하고 약간의 틈을 내주는 이들. 서로에게 건네는 햇살 아래에서 우리는 모두 같이 자라난다.

이 글을 쓰면서도 맞은편 벽에 붙은 하와이의 햇살을 바라보고 있다. 제주에서 온 귤과 빨간 공과 태양이 떠오른다. 모두 동그란 것들이다. 그 동그란 빛 아래에서 소리 내지 않고 입을 움직였다. 고맙다고. 당신의 용기와 함께 나 역시 이렇게 다음 계절로 가고 있다고. 우리가 아는 낙원은 거기가 아니겠느냐고. 내일은 세 벌의 옷과 다섯 권의 책을 정리할 것이다. 모레와 글피도 반복해 보려 한다. 그렇다면 아마도 봄이 오기 전에 이곳을 드나드는 햇살의 자리가 조금 더 넓어질 것이다.

에필로그

뒷모습

아득히 먼 풍경을 담은 그림을 하나 가지고 있다. 아빠가 남긴 것이다. 놀러 갔다가 자기 그림을 파는 학생을 우연히 만나 한 점 샀다는 이야기를 엄마에게 전해 들었다. 그림 뒤에는 1993년 7월 덕적도, 어느 대학교 서양화과 2학년, 이름 하나가 선명하게 적혀 있다.

그런데 아득히 먼 풍경이라는 건 거짓말이다. 덕적도는 인천 앞바다에 있고 학생이 다녔던 학교는 서울 한복판에 있다. 멀다는 건 모르기 때문이다. 덕적도는 한 번도 가보지 못한 곳이고 93년도라는 시간도 내게는 아득하다. 학생의 이름을 검색해 보았지만 찾을 수 없었다. 작가로 활동하지는 않는 것 같았다. 그림보다 더욱 먼 것은 아빠였다. 미술을 잘 아는 사람도 아니고 전시회를 가는 취미는 가질 여유도 없이 살았던 사람인데, 어째서 이것을. 꽤 오랜 시간 동안 풀리지 않는 의문이었다.

늘 그렇듯 이달도 늦은 밤까지 작업하는 날이 많았다. 시간이 가는 줄도 모르다가 마칠 무렵에야 고개를 들어 하늘의 색을 보곤 한다. 며칠 전에도 새벽녘에야 일을 마치고 거실에 나왔다. 베란다 창에 가로등 불빛이 비쳐 어른거렸다. 어둠을 가까스로 밝히는 그것을 물끄러미 바라보다가 삶의 무게가 떠올라 어깨가 무거워질 즈음, 오래전 어떤 날이 생각났다. 그날도 이런 어둠 속에서 아빠의 뒷모습을 보았다.

대학교 4학년 방학 때였다. 집에 내려갔지만 진로 고민으로 새벽까지 잠들지 못하는 날이 많았다. 유난히 잠이 안 오던 날, 늦은 시간이 이른 시간이 되어 버린 즈음에 물을 마시려고 방문을 열었다가 출근하는 아빠와 마주쳤다. 괜히 머쓱해서 어색한 인사만 건네고 도망치듯 다시 방에 들어갔고, 현관문 여닫는 소리가 들리고 나서야 마음이 편해졌다. 아무도 뭐라 하지 않았는데도 괜히 자신 없는 나날을 보내고 있었기 때문이다.

당시 멀리서 근무하던 그는 집에서 주말을 보내고, 월요일이 되면 해도 뜨지 않은 새벽에 집을 나서곤 했다. 일요일 저녁에 떠나면 조금 더 편했으려나 싶지만 하룻밤이라도 더 가족과 시간을 보내고 싶은 마음이었을 테다. 특히나 서울에서 가끔 내려오는 딸이 있는 날은 더더욱.

머쓱한 해프닝의 밤으로 기억하던 그날을 최근에야 제대로 기억해 냈다. 푸르스름한 새벽의 기운과 뒷짐 진 아빠의 뒷모습. 내가 창밖을 내다보았던 딱 그 위치쯤이었다. 그는 이미 출근 준비를 다 마친 채 말없이 밖을 내다

보고 있었다. 해도 뜨지 않은 새벽에 우뚝 서 있던 사람의 마음은 어떤 색이었을까.

현재의 나도 새벽에 원고를 보내고서 창밖을 바라본다. 완전히 어둡지도, 그렇다고 완전히 밝지도 않은 푸른색이다. 다가오는 내일이 기대되는 동시에 두려울 때는 사랑하는 사람들의 얼굴을 떠올린다. 그러면 이미 떠나버린 사람들의 얼굴 또한 그림자처럼 함께 떠오른다. 어떤 이유에서건 내가 원치 않는 이유로 내게서 멀어진 사람들이다. 새벽은 삶의 빛과 그늘이 겹치는 시간이다.

여러 번의 새벽을 보낸 뒤 다시 떠올린 아빠의 뒷모습에서 예전에는 몰랐던 마음을 발견한다. 책임감과 두려움, 사랑과 외로움처럼 모순된 감정이 공존하는 삶과 그 틈에서 비어져 나오는 쓸쓸함. 혼자서는 어찌할 수 없는 마음을 안은 채 다시 밝아오는 날을 속수무책으로 바라보던 한 사람이 거기 있었다. 그리고 그가 바라보는 방향에는 몇 번의 실패를 딛고도 다시 오늘 하루를 살아내 보려는 생의 감각이 있었다.

때로는 마주 앉아 똑바로 바라보는 얼굴보다 뒷모습이나 자고 있는 얼굴에서 더 많은 것을 읽어낼 수 있다. 속마음을 감추기 어려운 무방비 상태이기 때문이다. 하지만 기억의 끄트머리에서 겨우 깨닫게 되는 것은 조금 쓸쓸한 일이다.

과거로 돌아갈 수 있다면 언제로 가고 싶냐는 질문을 받은 적이 있다. 여러 가지 선택지가 있겠지만 만약 정말로 그런 기회가 주어진다면, 나는 오래전 그날로 돌아가서 말없이 그의 등을 안아주고 싶다. 그리고 현관에 서서 잘 다녀오라는 인사를 건네고, 문이 닫힐 때까지 뒷모습을 바라보고 싶다.

한 사람이 오래 바라보는 곳, 곱씹다 삼키는 말, 너무 안쪽에 있어서 그림이나 글을 통해야만 전할 수 있는 마음 같은 것들이 뒷모습에 있다. 그러나 눈앞에 있는 사람의 등은 가까우면서도 한없이 멀다. 아빠의 뒷모습이 무엇을 의미하는지 알게 된 날, 나는 누군가의 등을 사랑해야겠다고 결심했던 것 같다. 사람은 자기가 받고 싶은 것을 타인에게 주려고 한다. 내가 타인의 뒷모습을 바라보고, 그림의 등을 쓰다듬으며 사는 것은, 누가 나의 등을 지켜봐 주었으면 하는 마음을 가졌기 때문일지도 모른다.

덕적도를 그린 풍경화는 내 취향은 아니었다. 그렇지만 먼지를 털어 보관해 두었다. 가끔 그림을 꺼내 살피며 이것을 발견한 아빠의 시선을 상상해 본다. 아마도 그림을 잘 그리는 학생의 등을 조금이나마 두드려 주고 싶었던 것이 아닐까 싶다. 내가 아는 그는 그림을 잘 아는 사람보다는 꿈을 아는 사람에 가깝기 때문이다. 그림은 여전히 의문투성이지만, 이해해 보려는 마음과 함께 나는 그의 뒷모습에 조금 더 가까워진다.

작품을 볼 때마다 뒤에 가려진 이야기들을 발견한다. 그것을 만든 사람의 애쓰는 모습을 떠올린다. 그렇게 그림의 등을 지켜보며, 지금 목격한 아름다움의 다음 장면이 펼쳐지기를 기다린다. 일할 때 혼자 느끼는 비밀스러운 기쁨이다. 좋아하는 것을 지키기 위해서는 곁에 머무는 다정, 등을 쓰다듬는 애틋함, 기꺼이 기다리는 믿음이 필요하다. 나는 그런 마음을 내가 사랑하는 사람들에게 배웠다.

질주하는 세계, 그럼에도 지금 여기 '있는' 몸

2024 조선일보 신춘문예 미술평론 당선작

1. 몸의 행방

지면에 발을 딛는 동시에 힘껏 밀어내며 반대쪽 고관절과 무릎을 접어 올린다. 몸의 움직임을 머리로 인지하기도 전에 허공에 떠오른 발이 내려와 다시 지면을 딛고 밀어내길 반복한다. 코로 들이마신 공기가 기도를 통과해 폐에 가득 차고, 이내 뱉어낸다. 거친 숨에 어깨를 들썩이며 양팔을 앞뒤로 움직인다. 얼굴을 들어 바람을 맞고 시선은 정면을 바라본다. 시선의 양쪽 가장자리로 풍경이 조금씩 사라진다. 달리는 일은 지금 여기 존재하는 몸을 느끼는 방법이자, 세계와 몸을 맞대며 만나는 경험이다.

장소를 요가 매트 위로 바꾸어 본다. 한 자세에 가만히 머무는 것이 요가라고 생각하지만, 이것은 상상 이상으로 격렬한 운동이다. 근력을 이용해 하나의 동작 안에 머무는 것은 흔들리는 몸의 감각과 지속적으로 싸우는 일이다. 고요한 자세를 조금만 가까이서 들여다보면 미세한,

그러나 격렬한 떨림이 보인다. 지면에 닿은 몸의 부분이 어디로 연결되는지, 힘은 어떤 경로를 통해 움직이는지, 흔들림과 뒤틀림을 방지하기 위해서 나는 내 몸을 어느 쪽으로 얼마나 움직일지 판단해야 하지만 긴 시간은 주어지지 않는다. 매 순간 지금의 싸움이다. 정신보다 몸이 앞서는 순간이다. 여기에서 지속하는 몸을 느낄 때, 우리는 지금 여기 존재한다는 감각을 오롯이 느낀다.

그리고 다시 한번 장소를 바꾸어 모니터 앞에 앉는다. 이미지와 이미지, 텍스트와 텍스트가 빠른 속도로 교환되고, 우리는 아주 먼 곳에 있는 타인을 볼 수도, 반대로 보여질 수도 있다. 여기 있지만 여기 없고, 여기 없지만 여기 있다. 또한 거기 있지만 거기 없고, 거기 없지만 거기 있다. 철학자 한병철(b.1959)은 오늘날 타자와 맺는 관계에 대해 설명하며, 우리가 디지털 미디어를 이용해 타자와의 거리를 파괴하고 그를 가까이 끌어오려 할수록 타자성은 파괴된다고 했다. 이는 급기야 타자의 실종으로 이어진다. 우리가 타자와의 관계에서 서로의 존재를 굳건하게 확인하는 일은 다름의 발견이 있어야 하고, 다름에는 거리가 필요하기 때문이다.*

* 한병철, 『에로스의 종말』, 문학과지성사, 2015, pp.42~43

우리를 둘러싼 세계와 맺는 관계도 같다. 매체의 발달로 인해 멀리 있는 것을 빠르게 눈앞으로 끌어올 수 있고, 동시에 수많은 이미지를 볼 수 있는 시대다. 시각은 그 어느 때보다 활발하고 정신은 쉽게 공간을 넘나든다. 그러나 산만하게 움직이는 눈동자와 손가락 외에 유기적으로 연결된 몸 전체를 느끼는 일은 드물다. 거리를 늘였다 줄이며 넘나드는 사이에 우리의 몸은 조각나버렸고, 가장 가까운 내 몸은 변방으로 밀려났다. 지금, 우리의 몸은 어디에 있는가.

2. 가속의 시대

폴 비릴리오(Paul Virilio, b.1932)는 이러한 현대사회의 양상을 속도라는 개념으로 설명한다. 이동수단의 속도가 빨라지고 통신의 발달로 전세계가 실시간으로 연결되면서, 삶의 양상은 판이하게 달라졌다. 이동의 과정과 거리의 감각이 사라졌다. 공간과 관계 맺으며 천천히 이동하는 유목민이나 도보여행자가 아니라 기차나 자동차 안에 가만히 앉아서 차창 밖으로 빠르게 달아나는 세계를 바라보는 운전수의 시각적 환영이 우리를 지배한다. 비릴리오는 이를 '질주경(dromoscopie)'이라 불렀다.* 이제 우리는 완전

* 폴 비릴리오, 『시각 저 끝 너머의 예술』, 열화당, 2008, p.27

히 다른 방식으로 존재한다. 이곳에서 저곳으로 빠른 속도로 이동할 수 있으며, 어디서나 볼 수 있고 또한 보여질 수 있다. 시간과 공간이 해체되는 사이로 우리의 몸도 파편화된다. 어느 곳에도 중심이 없다.

이는 예술에도 동일하게 적용된다. 매체와 기술의 발달에서 새로운 가능성을 짚어내는 다른 매체 이론가와 달리 비릴리오는 부정적인 태도를 취한다. 현대의 예술을 지배하는 미디어는 물리적 경험과 대면 커뮤니케이션을 무너뜨렸다. TV와 유튜브에 등장하는 장면은 실제 사건을 재현한다기보다는 원격으로 현전시킨다. 먼 곳의 장면을 눈앞으로 실감 나게 끌어오지만 실제로 여기 존재하지 않으며, 빛이 꺼지는 순간 사라진다. 비릴리오는 이러한 '원격현전'을 그저 나타내어 보여주는 현시와 같다고 보았다.** 미디어는 빛과 같은 속도로 움직이며 이를 통과하는 예술을 마치 순식간에 발현했다 사라지는 무용이나 퍼포먼스처럼 순간의 예술로 만든다. 그리하여 현대사회의 미술은 재현을 통해 지속적으로 머물 장소를 마련하지 못하고, 순간의 현시로 어떻게 스펙터클을 보여줄지 고민하게 되었다.

** 배영달, 『속도의 예술 초미학』, 앨피, 2019, pp.53~54

비릴리오가 말하는 현대사회에서는 가속화로 인해 신체가 파편화되며 예술은 장소를 잃는다. 그러나 이렇게 질주하는 세상 속에서 속도를 늦추며 신체를 중심으로 다시 끌어오려는 미술의 노력이 있다. 신체의 소외와 지각의 파편화를 재현으로서 보여주고, 세계와 몸을 맞댄 채 서로의 살을 만지며 여기 있다는 사실을 확인한다. 또한 반복하는 신체의 수행성으로 부유하는 신체 이미지를 붙잡아 눈에 보이는 흔적을 남긴다. 이들이 어떻게 신체를 가운데로 잡아끌며 머물 장소를 마련하고 있는가 살펴보는 일은, 질주하는 세계의 속도에 묻혀 소멸하고 망각되지 않기 위해 우리가 어떻게 창조적으로 방향을 틀며 저항하고 있는지 확인하는 일이다.

2-1. 속도의 지각

세계는 이미 우리 몸의 속도를 벗어난 지 오래다. 물리적 속도는 물론 변화의 속도까지도 개인의 능력으로 따라잡기에 너무 멀리 가버렸다. 그러나 우리는 여전히 이곳에서 살아가야 한다. 어떤 문제든 해결하기 위해 가장 먼저 해야 할 일은 현재 상태를 파악하는 일이다. 그리고 동시대를 살아가는 예술가들은 이러한 사회 문제 속에서 어긋난 틈새를 빠르게 발견하고 작품으로 가시화한다.

여기 서로 다른 속도가 강하게 마찰하는 장소가 있다. 장서영(b.1983) 작가의 개인전 《SKID》다.* 기다란 직사각형의 전시공간에 들어서면 왼쪽에는 자동차가 빠르게 달리는 모습을 그린 드로잉 연작 〈무제〉(2022)가 줄지어 걸려 있다. 걸으면서 감상하면 연속된 시퀀스로 느껴지도록 자동차의 움직임을 프레임 단위로 나누어 표현했다. 반대편 벽을 바라보면 거치대에 수액팩이 걸려 있다. 팩과 연결된 호스가 바닥을 따라 길게 늘어져 있고, 그 안에는 천천히 수액이 흐른다. 우리 몸 안에서 흐르는 체액 같기도, 이미 노화된 몸이 의지하는 인공의 장치같기도 하다.

오른쪽과 왼쪽에서 대조적인 속도의 흐름을 느끼며 전시장을 따라 걸으면, 기다란 전시장의 끝에서 빠르고 불안하게 움직이는 장면을 마주하게 된다. 단채널 영상 작품 〈스키드〉(2022)다. 작품의 제목인 '스키드(skid)'는, 고속으로 달리던 자동차가 급제동할 때 생기는 '스키드 마크'를 말한다. 타이어가 회전이 잠긴 채 미끄러지면 강한 마찰열로 인해. 타이어의 고무 성분이 순식간에 분해되어 도로의 표면에 묻어나는 것이다. 전시의 제목과 같은 이 작품은 이번 전시의 주제를 뚜렷하게 보여준다.

---

* 장서영 개인전 《SKID》, 2022. 4. 16~6. 12, 신도문화공간 (서울 성동구)

작품 속에서는 우리의 신체가 35세까지만 사용할 수 있도록 만들어졌다고 한다. 유효기간이 끝난 신체는 점점 기동성이 떨어지고 연산력이 저하된다. 그러나 점점 더 속도가 빨라지는 현대사회, 자연스런 노화와 상관없이 더 빠른 적응력과 강한 체력을 요구하는 자본주의적 환경 속에서 우리는 몸의 느린 속도를 더 크게 느낀다. 작가는 영상 속에서 내내 자동차의 빠른 움직임과 내부의 정적인 분위기를 교차시킨다. 우리는 점점 느려지는데, 자동차 밖의 속도는 점점 빨라진다. 불안감을 조성하는 텍스트가 러닝타임 내내 영상을 관통하고, 관객은 불현듯 무언가 잘못되었다고 깨닫는다. 안팎의 속도가 점점 달라져 더이상 따라잡을 수 없음을 깨닫고 브레이크를 밟는다. 차체가 미끄러지는 방향을 따라 짙은 스키드 마크가 남는다. 막다른 길 앞에서 살아남으려 저항한 흔적이다.

작가는 이 작품을 통해서 자연스런 노화와 병으로 유효기간이 끝난 신체가 점점 빨라지는 현대 사회의 속도를 따라 갱신하는 것이 가능한지 묻는다. 뒤돌아 기다란 전시장을 빠져나온다. 양쪽에는 여전히 다른 속도가 흐른다. 자동차의 움직임이 나란히 연결된 드로잉 연작에서 마치 버퍼링 걸린 화면처럼 세로로 쪼개진 프레임이 눈에 뛴다. 속도를 따라가지 못하는 몸은 연속된 감각으로 세계를 받아들이지 못하고 파편화된 이미지를 겨우 받아들인다. 감각이 쪼개지고 과정이 잊혀진다.

2-2. 피크노렙시의 풍경

비슷한 시기에 열린 김양우(b.1986) 작가의 개인전에서는 이러한 파편화의 과정을 더 직접적으로 드러낸 작품을 볼 수 있다. 전시《통근 생활》*은 도시에서 개인이 매일 겪는 통근의 경험, 정확히는 통근 거리와 시간을 가시화한다. 작가는 경기도와 서울 간 67.32km를 오가는 장거리 통근 경험을 시작으로, 중심을 향해 모여드는 통근자들의 움직임에 관심을 갖기 시작했다. 한국, 일본, 태국, 말레이시아-싱가포르 등 주로 아시아 지역 통근자들의 사례를 수집했고, 이를 지도와 사진, 텍스트, 영상, 조형물 등으로 표현했다.

말레이시아 조호바루에서 싱가포르로 출근하는 로박림의 통근 거리는 44.6km, 군마와 도쿄 사이를 출퇴근하는 80대 임상학자 히노하라 요시카즈의 통근 거리는 88.2km다. 이들은 지하철과 버스, 기차를 갈아타고, 고속

* 김양우 개인전《통근 생활》, 2022. 6. 17~7. 17, 합정지구 (서울 마포구)

도로와 고층 건물 사이를 수없이 지난다. 교통망의 발달로 우리의 이동에는 자유가 생긴 것처럼 보이지만, 매일 다녀야 하는 통근길은 자유라기보다는 벗어날 수 없는 사슬이나 무거운 피로에 가깝다.

그 사이에서 조각 〈속도의 풍경〉(2017~)은 이들이 경험하는 속도를 되새기도록 한다. 투명 아크릴 안에 도시 풍경을 담은 사진 이미지들이 담겨 있다. 그런데 온전한 모양이 아니라 칼로 얇게 저며낸 듯 쪼개지고, 양쪽에서 강하게 잡아당긴 듯 눌리고 뭉개져 있다. 이 해체된 이미지는 비릴리오가 말한 이미지의 파편화, '피크노렙시(picnolepsie)' 현상을 보여준다.

우리가 정지해 있을 때는 멈춰 있는 이미지를 바라본다. 걷거나 뛸 때는 흐르는 이미지를 본다. 그런데 자동차나 고속열차 등 빠른 속도의 이동수단에 올라탄 경우 몸으로 직접 경험하는 것보다 몇 곱절이나 빠르게 이미지가 흐른다. 우리의 몸은 흐르는 이미지를 모두 지각할 수 없고 일부 잔상만 인지하게 된다. 심지어 더 빠른 비행기를 탔을 때에는 이동하는 거리를 직접 보지 못하고 처음과 끝만 기억한다. 결국 우리는 보았지만 보지 못한 일종의 기억 상실 상태에 이른다. 이렇게 속도에 의해서 우리의 지각이 재편되고 파편화된 이미지를 인식하는 상태가 피크노렙시'다. 피크노렙시는 희랍어의 'picnos-(빈번한)'와 'lepsie(발작)'을 합성한 단어로 비릴리오의 이론에서 '빈번한 발작', '의식의 중단'을 의미한다.

한 곳을 오래 바라보는 감각은 빠른 속도에 박탈당해 버렸다. 우리는 과정이 없이 시작과 끝만 가진 서사, 생략된 잔상만을 가진다. 실제 감각의 과정을 잃고 지각하지 못하는 것은 내 몸을 잊는 것과 같기에, 빠른 속도 사이에서 이미지가 파편화되며 신체도 해체된다. 과정과 의미를 담지 못한 몸은 온전한 전체가 아니라 흩어진 조각이 된다.

전시장의 지하로 내려가면 어두운 곳에 설치된 영상이 보인다. 통근 거리를 보여주는 지도와 사진, 텍스트, 조각을 지나 우리는 이제 실제로 통근하는 누군가의 뒷모습을 바라본다. 로박림의 44.6km, 히노하라 요시카즈의 88.2km, 그리고 김양우의 67.32km. 타인의 경험을 정보화하기를 그만두고 있는 그대로 따라가 본다. 빠르게 스치며 쪼개지는 풍경이 아니라, 어딘가로 향하는 사람의 등과 부지런히 걷는 발에 시선을 둔다. 우리의 통근길과 다름없는 장면 속에서 그들 몸의 속도는 전혀 빠르지 않다.

2-3. 비어버린 중심

그런데, 서로의 감각을 드러내어 연결하며 너무 빠른 이동의 부작용을 보여주기 위해 만들어진 이 영상 작품은 또 다른 문제를 상기하도록 한다. 말레이시아와 일본에 있는 타인의 경험을 우리가 지금 여기에서 볼 수 있는 것은 미디어라는 새로운 매체 때문이다. 미디어 또한 멀리 있는 것을 우리의 앞에 빠르게 끌어 당겨 오는 도구로서, 빠른 속도의 이동수단과 작동방식이 닮았다.

실제로 비릴리오는 피크노렙시의 원인이 광학기계라고 말한다. 빛의 속도로 움직이는 미디어가 나타나면서 우리 삶의 방식에 근본적 변화를 가져왔다는 것이다. 멀리 떨어진 것을 실시간으로 볼 수 있게 되면서 우리는 물리적으로 닿는 경험과 대면으로 소통하는 방식을 잊게 되었다. 파편화된 이미지를 수집하는 사이에 과정과 의미를 망각하며 빈번한 의식의 부재를 겪는다. 대중의 의식은 점점 위험에 처하고 있다.*

예술작품이 세계를 재현하는 과정에서 작가의 시선이

* 배영달, 『속도의 예술 초미학』, 앨피, 2019, pp.53~54

더해지고 매체에 따른 외형의 변화가 일어난다. 때문에 우리는 작품을 볼 때 일정한 거리를 두고 사고하게 된다. 그러나 이제 예술작품의 이미지는 인터넷과 스크린을 통해 보여진다. 세계를 재현한다기보다는 현시하는 광학은 우리를 과도하게 사건 가까이로 끌어들인다. 실제 경험과 흡사한 고화질 영상 이미지를 거대한 스크린을 통해 제공하며 관객의 시각적 감각만을 극대화한 콘텐츠는, 오히려 비판적 태도와 객관화 능력을 상실하게 만든다. 이는 관객을 사건으로부터 소외시키는 결과를 낳는다. 텔레비전과 유튜브가 대표적인 매체다.**

또한, 무분별한 현시와 이미지의 재생산이 가속화되며 예술가와 작품 사이의 시공간, 작품과 관객 사이의 거리가 파괴된다. 인간이 빠른 속도 속에서 기억의 상실을 경험하듯이, 예술작품 또한 어떤 기억도 규칙도 없는 상태에 이른다. 예술작품이 가지던 고유성과 지속의 개념이 파괴되는 결과에 이르는 것이다. 예술적 재현은 원격현전, 즉 현시로 인해 위기에 빠졌다.*** 앞서 언급한 한병철의 주장처럼, 타자를 빠르게 눈앞으로 끌어오고 싶은 욕망을 채우기 위해서 우리는 디지털 미디어를 이용하여 거

** 같은 책, pp.53~54

*** 같은 책, pp.56~57

리를 파괴했다. 그러나 멂을 지운다고 가까움이 형성되지 않는다. 오히려 거리의 부재로 인해 가까움이 삭제되고 만다.

이것은 예술작품뿐 아니라 현시대의 공통적인 현상이다. 빠르게 달려 거리를 좁힐수록 진짜 욕망하던 것들이 멀어진다. 이러한 오작동은 결국 모두가 중심에서 쫓겨나는 결과를 초래한다. 비릴리오가 말한 '전원 퇴장(Extra Omnes)'이다.*

3. 몸이 '있다'는 확인

디지털 미디어로 인해 공간적 제약이 사라지고 빠른 속도로 이미지를 전달할 수 있게 된 상황에 대하여 많은 매체 철학자들이 긍정적으로 평가한다. 물론 속도와 편리, 복제와 재생산으로 인한 대중성, 새로운 표현의 가능성 등 장점이 분명 존재한다. 그러나 빠르게 도착하는 결과만 중시되고 과정이 사라진 사회는 장점만 가지기 어렵다. 머무름과 기다림이 없는 이곳에서는 모두가 속도를 쟁취하기 위해 노력하고 결국 이를 장악하는 자가 권력을 가진다. 비릴리오가 광학기계의 발달을 부정적으로 보는

* 폴 비릴리오, 『시각 저 끝 너머의 예술』, 열화당, 2008, p.103

이유다. 산업혁명과 증기기관의 발달이 삶을 편리하게 만든 기적처럼 여겨졌지만 동시에 인간 소외와 노동 착취, 빈부격차와 같은 부작용을 불러왔다는 사실을 기억하며, 속도의 변화를 경계해야 한다.

그러나 이미 없음의 감각이 우리를 지배한다. 우리의 몸은 어디에나 있지만 어디에도 없다. 우리는 속도를 늦추거나 과정을 망각하지 않기 위해서, 지각하는 신체를 기억해야 한다. 모리스 메를로 퐁티(Maurice Merleau-Ponty, b.1908)는 『지각의 현상학』(1945)을 통해 우리 존재의 주체는 정신이 아니라 몸이라고 말한다. 세상을 지각하는 것은 관념의 학습이 아니라 '몸-주체(body-subject)'의 경험으로부터 시작된다. 때문에 살갗을 부대끼며 만지는 감각은 무엇보다 중요하다. 여기, 빛이 꺼지면 바로 사라지는 광학기계의 현시가 아니라, 몸으로 세계의 살을 만지며 잃어버린 기억과 현존의 감각을 재현하는 예술가들이 있다.

3-1. 살갗을 부대끼며

정희우(b.1973) 작가는 일종의 기록하는 방식으로 풍경을 남긴다. 거리를 직접 걷고 관찰하고 사진을 찍은 뒤 이를 한지에 채색하는 동양화 기법으로 풍경화를 그리는데,

전체 풍경을 빠짐없이 남긴다는 점에서 진경산수화의 태도를 계승하는 듯 보인다. 어떤 측량 도구도 없지만 자신의 보폭과 몸의 길이 등을 기준으로 거리를 가늠하면서 강남대로를 20미터 연작*으로 그려내고, 서울역을 바라보는 빌딩 위에 수차례 올라서서 복잡한 교차로의 풍경을 옮겨낸다.** 느린 속도로 작가의 몸을 통과한 풍경이다.

작가가 세계와 직접 몸을 부대끼며 남기는 흔적은 간판 시리즈에서 또렷이 보인다. 정희우 작가는 종로와 성수의 골목에서 오래된 간판들을 찾아냈다. 낡은 간판에 쌓인 먼지를 직접 손으로 털어내고, 종이를 대고 문질러 탁본을 떠냈다. 또한, 아스팔트 도로 위에 새겨진 화살표 등 지시 기호를 그대로 떠내기도 한다. 수 미터에 이르는 종이 위에 도로와 작가의 몸이 마찰한 순간이 그대로 담겨 있다. 마치 건물이나 사물의 피부를 벗겨내는 하이디 부허의 작업을 떠올리게 한다. 직접 걷고 만지며 그려내고, 문질러서 도시의 피부를 벗겨내며 세계의 살을 만진 순간이다. 그 장소와 작가의 몸이 동시에 존재했던 시간이 종이 위에서 느리게 흐른다.

---

* 정희우, <시간을 담은 지도>(2008~2011)

** 정희우 개인전 《길 위에서》, 2020. 11. 11~11. 30, 서울일삼 (서울 용산구)

한편 조희수(b.1998) 작가의 퍼포먼스를 기록한 영상 작품 〈더 다이버스〉(2021)는 조금 더 빠른 속도와 적극적인 태도로 세계와 삶을 맞댄다. 정희우 작가가 걸었던 강남대로를 이 젊은 작가는 전속력으로 달린다. 흰 선으로 육상 트랙을 그리고 자동차와 건물과 사람들 사이를 전력 질주하는 행위를 작가는 '다이빙'이라고 칭했다. 다이버가 뛰어내리며 수면 위에 균열을 일으키듯 서울에서 가장 붐비는 지역인 강남역 한복판에 난입하여 '사회적 수압'을 뚫어내는 것이다.

작품 제작이 이뤄진 2021년은 팬데믹으로 이동은 물론 숨쉬는 것조차 자유롭지 못하던 시기였다. 존재하지만 존재하지 못하는 상태로 모두가 부유하고 있었다. 작가는 사회적 막을 뚫고 온몸으로 세계와 부대끼며 질주한다. 내딛는 두 발, 앞으로 나아가는 몸, 거친 숨소리는 거기 '있다'는 확인과 다름 아니었다.***

장-뤽 낭시(Jean-Luc Nancy, b.1940)는 몸이 그 자체로 발화하는 존재라고 했다.**** 낭시는 책 『코르푸스: 몸, 가장

*** 조희수 개인전 《The Divers》, 2021. 3. 31~4. 3, 청년예술청SAPY (서울 서대문구)

**** 장-뤽 낭시, 『코르푸스: 몸, 가장 멀리서 오는 지금 여기』, 문학과지성사, 2012, pp.111~113

멀리서 오는 지금 여기』에서 메를로-퐁티 현상학의 살 개념과 달리 '살갗'을 말하는데, 몸 자체가 하나의 사유이며 그것을 끝까지 몰아붙인 것이 '살갗' 즉, 표면이라는 것이다. 살갗이 서로 접촉하면서 사유와 사유가 연결된다. 때문에 우리가 우리의 살갗으로, 그러니까 몸의 표면으로 세상을 만지는 행위는 지금 여기를 확실하게 느끼며 서로 연결됨으로써 존재의 불안을 제거하는 일이다.

예술가들이 재현한 신체의 감각을 따라 눈으로 세계를 만진다. 이러한 예술의 경험을 통해 우리는 속도를 늦추고 몸을 지각하며 새로운 사유를 생성한다. 발화하는 존재로서, 하나의 몸이 여기, 있다.

3-2. 수행하는 몸

몸으로 현재를 감각해야만 눈앞의 세상을 제대로 지각하고 존재의 확신을 얻을 수 있다. 타인을 비롯한 외부 세계와의 연결은 여기서부터 시작된다. 그러나 우리는 빠른 속도로 쏟아지는 이미지와 감각, 정보 사이에서 현재를 감각하는 방법을 잊고 말았다.

퍼포먼스의 대가인 유고슬라비아 출신 예술가 마리나

아브라모비치(Marina Abramovic, b.1946)는 몸을 매체로 사용하기 위해 비우는 방법을 연구했다. 세계 각지의 명상과 마음챙김 방법을 직접 경험하고 퍼포먼스 작업을 지속하면서 그가 깨달은 답은 '느려지기'였다. 지금 여기 있는 몸을 인지하고 세상을 새롭게 바라보기 위해서는 잃어버린 감각을 먼저 되찾아야 하는데, 이에 아브라모비치는 일부러 느려지는 행위를 제안한다.

그가 진행하는 워크샵의 이름은 〈집 청소(House Cleaning)〉다. 우리의 몸을 '집'으로 상정하고 이를 깨끗하게 비워내는 과정을 청소에 비유한 것이다. 관객들은 스마트폰을 반납한 채 천천히 걷고, 소리를 듣는다. 한 시간 동안 단 한 번만 아주 천천히 자신의 이름을 적거나, 쌀알을 세기도 한다. 신체의 미세한 감각을 빠짐없이 느끼며 느린 시간을 보내고 나면 아주 작은 자극이나 변화에도 민감하게 반응할 수 있는 새로운 정신을 가지게 된다.

긴 시간 동안 진행되는 아브라모비치의 워크샵이 특별해 보이지만, 사실 일상에서도 쉽게 발견할 수 있는 행위들이다. 손으로 무언가를 만드는 원데이 클래스, 요리를 하고 음악을 듣는 시간, 달리거나 산에 오르는 행위 등 신체 감각에 온전히 집중하는 동안 우리는 잃어버린 몸을 되찾는다. 아날로그를 찾는 문화 현상 또한 현대인들이 신체의 감각을 그리워한 결과일 테다. 미디어의 빠른 현전이나 기계의 운동 대신 신체의 느린 행위에 집중한 예술작품들도 이러한 사회의 흐름과 떼 놓을 수 없다. 특히나 신체를 이용해 지난한 수행을 반복하고 그 흔적을 남기는 작품들은, 눈으로 바라보는 관객에게도 신체의 감각을 일깨운다.

지근욱(b.1985) 작가는 직접 제작한 곡자를 이용해 색연필로 선을 긋는다. 유려한 곡선이 쌓이며 캔버스 위에 매끄러운 환영이 드러난다.* 물리학에서 말하는 입자의 운동과 우주의 파동을 눈에 드러나게 표현한 장면이지만, 한편으로는 작가가 아날로그적으로 노동한 흔적이기도 하다. 바닥에 캔버스 천을 펼치고 단순한 재료인 색연필을 지긋이 눌러 선을 긋는다. 반대편 손으로 곡자를 옮기고 다시 선을 긋기를 반복한다. 작가의 어깨와 팔이 움직이며 선이 쌓이고 화면이 팽창한다. 멀리서 보면 말끔해 보이는 선을 가까이 들여다보면 작가가 일부러 털어내지 않고 남겨둔 색연필 부스러기들이 보인다. 색연필과 캔버스 천이라는 재료들이 마찰한 흔적이자, 작가의 몸이 선 위에 실은 무게의 증거다.

---

* 지근욱 개인전 《하드보일드 브리즈》, 2023. 8. 9~9. 13, 학고재갤러리 (서울 종로구)

한편 종이 위에 글자를 쓰고 지우기까지 반복하는 안다혜(b.1992) 작가의 작업은 더욱 수행적이다. 2022년의 전시《혼자 지운 서사》**에서 작가는 오랜 시간 수집하고 분석해온 가족 내의 언어를 자신의 내부에서 지워내기로 결심했다. 스스로 발화하지 않았는데도 가족 구성원인 자신을 규정하고 얽매는 언어였다. 가족으로부터 발화된 가시 같은 말을 나무에 못을 박거나 천에 자수를 놓는 등 되새기는 방식으로 전작을 꾸렸던 작가는 이제 이 말들을 모아 다시 쓰기 시작했다.

6개월간 약 1만 4천 여자를 종이 위에 연필로 새겼고, 다음 3개월 동안은 이 글자를 지우개로 지우거나 연필로 까맣게 칠해서 덮어버리는 방식으로 제거했다. 자기 몸에 새겨진 언어를 몸으로 뱉어내고, 다시 몸으로 지워냈다. 몸 안에 새겨진 기억을 지워내기 위한 반복적인 수행의 움직임이다. 약 9개월에 이르는 긴 작업기간 동안 기다란 롤 종이 위에 쓰고 지운 언어들은 전시장에 작품으로 남았다. 지워지고 덮였지만 종이 위에는 여전히 글자가 새겨졌던 흔적이 희미하게 보인다. 종이와 연필로 만든 아날로그적인 이미지 너머에서 사람이 움직인 흔적이 보인

** 안다혜 개인전《혼자 지운 서사》, 2022. 10. 04~10. 16, 공간일리 (서울 종로구)

다.

기다란 롤 종이가 장막처럼 늘어져 전시 공간을 둘로 분할한다. 흰 종이 위로 작가가 지워낸 언어의 이미지가 흐르고, 관객은 손으로 종이 장막을 헤치고 다음 공간으로 넘어간다. 그곳에는 까맣게 지워낸 언어의 조각들이 퍼즐처럼 이어지며 만든 동그란 모양의 〈자리〉(2022)가 있다. 마치 탑돌이를 하며 무언가를 바라듯 동그라미의 둘레를 따라 걷는다. 지워내고 덮어내며 반복했던 작가의 수행을 떠올리며 몸을 움직이는 사이, 관객도 여기 '있다'의 감각을 느낀다.

지근욱 작가와 안다혜 작가의 작품처럼 몸이 움직인 과정의 흔적이 작품 속에 남아 있을 때 관객은 작품 너머 타인을 상상한다. 작가의 몸은 사라지고 이미지만 남았지만 그럼에도 몸은 사라지지 않았다. 관객의 몸이 작품을 감상하는 경험을 통과하며 작가의 사유에 닿는다. 이미지 사이에서 살갗과 살갗을 맞대며 우리는 서로 연결된다.

3-3. 몸을 포개며 연결되는 우리

질주하는 세계에서 소외되는 몸을 다시금 불러오는

일은 아날로그 매체만 가능한 일일까? 여기 마지막으로 가상현실(VR)이라는 첨단 광학 매체로 이미지를 만드는 작품이 있다. 가상현실이라는 매체는 비릴리오가 부정적으로 평가하는 광학기계 중에서도 어쩌면 가장 극단적일지 모른다. 눈앞에 완전히 새로운 세상을 펼쳐 놓았다가 기기를 벗는 순간 모든 것이 사라지기 때문이다. 그의 논리에 따르면 가상현실이야말로 우리의 신체를 빠르게 소외시키는 망각의 매체다.

권하윤(b.1981) 작가는 가상현실을 이용하여 타인의 경험을 생생하게 전하고자 한다. 영화 〈존 말코비치 되기〉(1999)에서 그랬던 것처럼 타인의 머릿속에 들어갔다 나오는 경험이다. 이를 통해서 하나의 사건을 바라보는 시선은 매우 다양할 수 있으며 진실은 하나가 아니라고 관객에게 말한다. 그는 최근 가상현실이라는 질주의 매체를 이용해 오히려 아날로그적 감각을 되살리는 시도를 하고 있다.

2021년에 공개된 가상현실 작품 〈잠재적인 마법의 순간을 위한 XX 번째 시도〉(2021)*는 작가가 기존에 발표했

* 《국립현대미술관 다원예술 2021: 멀티버스》 - 권하윤, <잠재적인 마법의 순간을 위한 XX 번째 시도>, 2021. 2. 12~3. 28, 국립현대미술관 서울관 프로젝트 갤러리 (서울 종로구)

던 작품들처럼 기기를 착용한 채 참여하는 가상현실 작품이었다. 그런데 또 다른 장치가 더 있었다. 관람자를 따라 움직이는 퍼포머였다. 관객은 가상현실 속에서 각자 걷고 움직이며 다양한 동작을 하는데, 이때 훈련된 퍼포머가 관객 곁에 1대1로 따라 붙으며 그의 동작을 본따서 움직인다. 두 사람의 움직임은 하나의 대구를 이루며 시적인 풍경을 자아내고, 그 자체로 하나의 퍼포먼스가 된다. 가상현실은 기기를 착용한 관객과 이를 바깥에서 바라보는 사람 사이에 섞일 수 없는 벽이 생기게 마련인데, 작품의 내용을 잘 알고 있는 퍼포머라는 매개체를 통해서 안과 밖의 세계가 섞이는 새로운 풍경이 나타난다. 매체의 벽을 넘어 우리의 몸이 섞인다.

권하윤 작가의 최근작 〈잊어버린 전쟁〉(2023)* 또한 가상현실이라는 매체를 이용해 관객의 몸과 기억을 일깨우고 속도를 늦추려고 시도한다. 작품의 서사는 6·25 전쟁의 가장 치열한 전투 중 하나였으나 잊혀지고 만 지평리 전투의 기억으로부터 시작된다. 전략적 요지였던 지평리를 중공군으로부터 지켜내기 위해 싸웠던 이들은 미군과 프랑스군 그리고 프랑스군에 편입된 소수의 한국군이었

* ACC 상호작용예술 연구개발 쇼케이스 《기억하기/감각하기 – 경험의 공동체》, 2023. 10. 26~11. 19, 국립아시아문화전당 (전라남도 광주)

다. 이 전투는 미군의 승리로 기록되어 있으나, 생존한 참전용사들의 구술기록과 프랑스 등 각지에 남겨진 자료를 탐구하던 작가는 또다른 진실이 있다는 사실을 깨닫는다. 사건은 하나지만 바라보는 시선은 여러 개이며, 바라본 방향에 따라 다른 진실이 존재한다.

작가는 가상현실이라는 매체를 이용해 외신 기자와 한국군, 프랑스군, 심지어 중공군까지 여러 입장에서 바라본 사건을 관객이 경험할 수 있도록 이끈다. 기기를 착용하고 어둠 속에서 눈을 뜨면, 제각각 다른 행위 중인 인물들이 보인다. 그중 한 인물의 몸과 같은 위치에 내 몸을 위치시킨 뒤, 그의 손 위에 내 손을 포갠다. 가상현실 내에서 사용 가능한 핸드 트래킹(Hand Tracking)** 기술이다. 손의 움직임을 따라 하다 보면 어느새 장면이 바뀌고 그가 바라본 진실을 마주한다.

관객은 인물마다 다른 시선을 차례로 경험하면서 사건을 입체적으로 바라보게 된다. 작품의 상영이 끝나고 기기를 벗으면 공연이나 퍼포먼스처럼 순식간에 모든 것이 사라지지만, 빛과 이미지가 사라진 뒤에도 기억을 가

** 사용자의 손동작을 인식하여 컴퓨터를 작동하는 기술이다. 권하윤 작가의 해당 작품에서는 관객이 VR헤드셋을 착용한 뒤 가상공간 안에서 만나는 인물의 손에 자신의 손을 포개어 동작을 따라 하면, 이 동작이 인식되면서 장면과 사운드가 전환된다.

진 몸이 여기에 있다. 타인의 속도에 나의 속도를 맞추어 보며 서로의 경험을 상상하고, 하나의 사건을 여러 방향으로 살피며 느리게 경험한 몸이다. 이를 통해서 우리는 새로운 미디어를 어떻게 사용하느냐에 따라 질주하는 세계의 속도를 조절할 수 있다는 사실을 깨닫는다.

4. 속도 조절의 가능성

이렇게 우리는 여전히 살갗을 부대끼며 몸으로 발화하고 또 사유한다. 물론 지금도 멈출 줄 모르고 질주하는 세계에서 이미지와 몸은 파편이 되어 흩어지고 있다. 그러나 그 사이에서도 가냘프지만 온전한 서로의 존재를 더듬어 확인한다. 낭시의 책 제목처럼, 몸은 여기 있지만 한편으로 아주 멀리서부터 온다. 멀리 있는 그것을 끌어당기기 위해서는 창조하고 저항하는 힘이 필요하다. 동시대의 예술가들은 속도의 차이를 가시화하고, 살갗을 부대끼며 세계를 만지고, 몸을 움직인 흔적을 남긴다. '있다'의 감각을 재현하며 신체를 현전시키려는 노력이자, 빠른 속도를 거스르며 저항하는 태도다.

우리는 변화하고 생성하는 흐름 속에 살아가면서 수많은 이미지를 통과하고, 그 중 지각된 것을 '기억'한다.

앙리 베르그송(Henri Bergson, b.1859)은 현재를 지각하기 위해서 과거의 경험으로부터 건져 올린 이미지들을 '이미지-기억'이라고 불렀다. 예술가들은 동시대를 지각하고 이미지를 건져 올리며 자신이 경험한 시대를 작품이라는 형식으로 물질화시킨다.

베르그송은 관념을 표현하여 교훈을 전하던 과거의 회화와 달리, 있는 그대로의 살아있는 장면을 그림으로써 관객과 공감하는 자연주의 회화를 더 높이 평가했는데, 아주 작은 풍경일지라도 그런 기록들이 모여 서로의 사유를 연결하고 아래로부터의 변화를 만들 수 있기 때문이다. 오늘을 살아가는 예술가들이 자신의 몸을 통과한 이미지를 펼치는 작은 시도는, 개인의 기억을 발화함으로써 우리가 살아가는 시대 안에 공동의 서사를 구축하는 과정이다. 이러한 '이미지-기억'이 촘촘하게 모였을 때, 우리는 속도의 권력에 지배당하지 않고 아래에서부터의 변화를 일구어낼 수 있다.

두 발을 땅 위에 단단히 딛는다. 실제로 달리며 땅을 딛고 밀어내는 발바닥, 흙의 냄새와 공기의 습도를 느끼는 호흡기, 과정을 모두 바라본 눈동자가 여기 '있다'. 기차에 올라타 잔상을 부여잡은 채 의식을 잃어버린 텅 빈 신체가 아니라, 진짜 기억을 가진 우리의 몸이다. 세계와 부딪히며 감각하는 몸이 천천히 쌓아낸 것들이 예술과 삶을 지속한다. 비릴리오는 질주하는 세계에 희망이 없다고 판단했지만, 우리의 몸이 여기 있는 한 쉽게 포기할 수 없다. 잃어버린 시간을 예술을 통해 되찾을 수 있다는 마르셀 프루스트의 이야기*를 되새긴다. 우리에게는 아직 사라지지 않는 이미지, 여전히 감각하는 몸, 지속함으로써 저항하는 예술이 존재한다. 그리고 여기에 희망과 가능성이 남아 있다.

* 마르셀 프루스트는 대표작 『잃어버린 시간을 찾아서』를, 베르그송의 '이미지-기억'에서 영감을 얻어 집필했다고 한다. 주인공은 예술(문학)을 통해서 자신의 존재를 확신하고 잃어버린 시간을 되찾으며 미래로 나아간다.

등을 쓰다듬는 사람 / 김지연

1판 1쇄 2024년 7월 17일
1판 3쇄 2025년 5월 15일

지은이 김지연
펴낸이 신승엽
펴낸곳 1984BOOKS

편집 김시은 · 북디자인 신승엽

주소 전북 익산시 창인동 1가 115-12
전자우편 1984books.on@gmail.com
전화 010.3099.5973 · 팩스 0303.3447.5973
인스타그램 @livingin1984 · 페이스북 /1984books

ISBN 979-11-90533-46-1 03810

1984BOOKS